U0143929

《美好家园》编著

家庭装饰三步曲

·背景 ·家具 ·装饰

机械工业出版社
CHINA MACHINE PRESS

正如好吃又易做的蛋糕每每都会让您充满食欲、兴奋不已一样，只需为漂亮的房间添加几许装饰亮点便能给您带来更多快乐。本书向读者展示的正是，简单几步就能让房间变得多姿多彩的好方法，你只需要掌握三种关键的要素：房间背景墙、家具以及装饰品即可。请继续翻阅下文，详细了解这三种要素是如何带给你动力与自信，让你的家兼具时尚、功能与美观，并最终获得那份莫名的快感。

图书在版编目（ＣＩＰ）数据

家庭装饰三步曲/《美好家园》编著. 一北京：机械工业出版社，2009.9
ISBN 978-7-111-28193-1

Ⅰ.家… Ⅱ.美… Ⅲ.住宅－室内装修－建筑设计 Ⅳ.TU767

中国版本图书馆CIP数据核字（2009）第154633号

机械工业出版社（北京市百万庄大街22号 邮政编码 100037）
策划编辑：闫云霞 责任编辑：闫云霞 封面设计：栾林霖
责任校对：赵海莲 责任印制：李 妍
北京汇林印务有限公司印刷
2010年1月第1版第1次印刷
185mm×245mm・8印张・插页・194千字
标准书号：ISBN 978-7-111-28193-1
定价：36.00元

家的方法论

　　家，是个有感情的地方；但是要把一个家打理好，光有感情肯定不行；要把一栋房子变成自己心目中的家，光有感情更是不行，还需要——方法论。

　　方法论解决的是什么呢？

　　首先，你需要了解：一栋空空荡荡不管是60㎡还是600㎡的房子，是如何变成一个家的。交给设计师画个图还不简单？你说。不，不那么简单。你晓得你拿来做样本向设计师描绘你想要的家的那张照片里，每一面墙的颜色是如何搭配的？颜色下面又是什么才会有这种让你怦然心动的效果呢？你喜欢的那张地毯和那只茶几究竟配不配呢？你不想装修完成后，窝在沙发上想看本小说的时候才想起——为什么没有预留一盏读书灯的位子呢？与此同时，你还遗憾地发现，深酒红色的地板和书架已经把顶上墙上地面的那六七盏灯的光都"吃"尽了，明明回到家却仿佛进了某家酒吧……而最关键的是：你已经看了设计师的效果图，或者明明拿了样本图片给装修公司的人，为什么做出来的和你想要的，总还是差那么一点点呢？

　　所有这些问题的答案都在于——你要了解，一栋空荡荡的房子是如何在设计师和装修公司手里变成一个家的。是的，尽管你可能不需要自己动手刷墙、铺地，但你一定要知道，如何才能实现你要的家的样子，以及有所谓专业人士在做的时候，你如何去检查它的每一个步骤并及时修正跑偏的那一部分。

　　方法就是——把一栋房子从空荡荡到成为你的家这个过程分成三个步骤，把每个步骤需要解决的问题和需要实现的效果简化成有限的10个以内的问题。简单吗？其实你需要了解的只是——背景、家具、装饰。你可以去找自己心仪的样本，了解那是如何形成的；然后，把你最喜欢的元素挑出来，把你最不喜欢的要素也挑出来；再然后，去做加法和减法。而当有专业人士在执行你的关于家的方案时，你就可以根据那些已经被"解构"出来的步骤，去进行每一阶段的验收，而不会在最后的时刻才发现——怎么这个墙的颜色和地板总觉得不配呢？

　　在这个寻找、解构、实施验收的过程中，你正在探索关于自己的新家和自己的未来生活，你可以随时修正、调整，使之更加符合你的心意、想法。而当你已经搬进了新家之后，你还可以用这种方法，随时改善那些你不满意的，或者随着生活内容的变化——比如家里有了新生命——去重新调整你的家，来适应你的生活。

　　当然了，如果你想自己动手，你还会发现，其实真没什么难的，就连铺地这样的"专业技术工种"，你都可能自己花两小时搞定。尽管你不需要这么做。

目录 CONTENTS

正如好吃又易做的蛋糕每每都会让您充满食欲、兴奋不已一样，只需为漂亮的房间添加几许装饰亮点便能给您带来更多快乐。本书向读者展示的正是，简单几步就能让房间变得多姿多彩的好方法，你只需要掌握三种关键的要素：房间背景墙、家具以及装饰品即可。请继续翻阅下文，详细了解这三种要素是如何带给你动力与自信，让你的家兼具时尚、功能与美观，并最终获得那份莫名的快感。

作为房间的入口，玄关的作用就是要与主人一起迎接来客。试想一下，当客人们迈进家门时，你的玄关是否能承担这项重任呢？它是否能成为整个房屋的风格缩影呢？如果它仅仅是一条普通的过道，那么你就需要开始着手装饰它了。本篇第一部分将向你展示如何从零开始装饰你的玄关，同时还示范了多种不同风格的玄关装饰法。想让你的玄关焕然一新吗？请开始动手吧，重新粉刷墙面，更换灯饰，再来点创意小点子！

独具匠心的客厅设计才会人见人爱。不论你的设计风格是传统或休闲，是简约或夸张，都需要对装饰环境和设计深思熟虑。试问自己，家中的客厅设计是否符合你对生活的追求？如果答案是否定的，那么请仔细阅读本章，将家中最灵活多变的空间塑造成宜居、时尚兼具完善功能的生活空间。

不论与哪位客人一起聚餐或菜色如何，你都值得拥有一处符合自己装饰品位和生活方式的就餐环境。你可以从本章中寻找灵感，重新装扮家中的餐厅。本章第一部分是讲述如何运用装饰的三元素，将背景墙、家具和装饰品进行巧妙搭配，把阳光灿烂的室内阁楼改造成餐厅；第二部分展示的是风格多样的精美餐厅装饰。来看看哪一款更适合你的装饰口味吧。

P56 厨房

厨房是家中最具活力的空间，也是房间装饰的重中之重，在这里，主人将需要考虑那些用来烹制和品尝美味佳肴的炊具、餐具的位置摆放。本章将向你介绍如何让简单实用的厨房用品焕发出内在的潜力，以便装饰出不同风格的厨房，同时还会向你示范如何美观高效地储放这些物品。当然作为家中烹饪、聚会、用餐以及人与人交流沟通的多功能场所，我们还会教你如何将杂乱无章的厨房拒之门外，取而代之的是一间整洁干净又明亮的厨房。

P72 卧室

与忙忙碌碌的厨房、餐厅、书房和浴室不同，你需要创造一间具有全新理念的卧室。卧室最大的好处就是为你提供绝对的私密和宁静的享受空间，同时它还体现出主人的个人品位。本章将教会你如何打造出完全属于自己的卧室。首先为你深层剖析这间薰衣草风格的卧室，其余部分向你展示不同风格的卧室设计，必有一款适合你。

P90 浴室

厨房和卫浴都是装修的重点，而装修浴室更是要考虑到水环境的设计。除非你打算从零开始装修，否则添加任何一件考虑不周的卫浴设施都会影响到浴室的整体效果。本章向你展示了风格多样的卫浴装饰设计。除了为你仔细讲解下面这间时髦前卫的桑拿浴室外，还有浪漫的乡村风格、现代感的水世界以及取百家之长的卫浴设计，来看看哪一款设计更符合你的卫浴风格。

P108 阳光房

每个人都值得拥有一间充满自然美的房间。如果能利用家中的一间房来享受大自然给予的恩赐，自然界的美感绝对符合你的装饰品位。本章第一部分向你展示一个通晓园艺的人是如何通过不同的装饰元素组合，将房间变成供人们休闲的植物园。当室内与户外的界线已不再泾渭分明，这里所介绍的每一间阳光房都会为你带来灿烂的阳光和自然的美景。

紫色的墙面，橙色的木门，墙上的碗形饰灯，以及富有光泽的强化木地板，都赋予房间明亮且颇具异国风情的格调。

准备工作
Cetting Started
房间背景墙

墙面：涂料，釉料，（墙上的）镶板，壁纸，镜子。

地面：实木地板，地砖，地毯，涂料，小块毯。

房间结构材料：实木踢脚线或造型木板。

灯具：吸顶灯，壁灯，枝形吊灯，灯架，摇臂灯。

固定家具：搁板，碗橱，橱柜，落地柜，水池，台面，健康家具。

窗帘：布艺窗帘，百叶窗，遮光帘。

房间隔断：屏风，门帘。

　　为凸显别致的风格，我们应从最基础的房间背景着手。可以将房间的背景看作是舞台的背景幕、情绪的调节器、建筑物的基本框架或是一个信封，它们能将房间内一幕幕的生活情景完全包裹住。设计巧妙的背景不仅能呼应全局，而且所呈现出的格调与姿态仿佛在向你叙述着房间内全部的故事，或者是那曾发生在这里的一小段耐人寻味的经历。如果你的地板、墙面、天花板、房间结构、灯具以及家具已经略显平淡乏味，那么请马上开始行动，一起来玩装修游戏吧。

　　*准备开始行动。*可能的话，请先腾空房间，从零开始。如果你还打算使用原有的家具或装饰，也请暂时搬走，因为清空房间不仅能让你有机会整理自己的物品，而且也能让以前使用率低的旧物经过改造，重新焕发青春。另外，也为你尽情地开展装修活动留足了空间。

早出晚归，让上班族与亲人的交流总是错过，而墙上的留言板为亲人间提供了交流平台。

浅色轻盈的软毛垫是工作之余的休闲之处。

纱帘隔断为房间分隔出一小块多功能空间，以备特殊场合之用。

丝绒窗帘和墙面镜好用不贵，还给房间带来奢华感和浪漫的气氛。详见第28页。

别致的木板条位于两面淡绿色墙体之间，让这面墙体不再死气沉沉。

有时淡雅的背景不失为最佳的选择。图中典雅朴素的背景墙为将来的装饰物预留了焦点空间，不会产生喧宾夺主的效果。

如果桌子上面什么都没有,那怎么能叫桌子呢?其实这是未来门厅饰品的展示桌。

家 具

座椅: 经过布置的沙发和椅子,休闲椅,餐椅,折叠椅,长椅,矮凳,有靠背的长椅。

桌子: 茶几,餐桌,床头桌,休闲桌,厨房中央操作台,书桌。

床: 普通床垫和弹簧床垫,公主床或木架床,沙发床,婴儿床,摇篮,直接用于地上的寝具。

储物家具: 壁柜,碗橱,抽屉柜,书架,小推车,大衣柜,旅行箱,储物盒。

通常,家具在装饰过程中扮演了多种角色,因此,如何恰到好处地运用家具成为装饰的重点。首先,家具应该在正确的地点和时间,为人们提供舒适与便利;同时,还能完美地收纳物品;其次,家具作为房间装饰的核心元素,应该为房间背景与装饰品的结合起到承上启下的作用;再者,家具还应为房间增添更多的亲和力,让每一件家具都好似一位细心体贴的主人,或为客人让座,或将饰物摆放整齐,或者成为家中最引人注目的亮点。

确定家具的功能性。在一间可容纳1~2人的家中,床、沙发、桌子这三件家具是核心中的核心。只有在保证寝食与起居的情况下,我们才需要添加诸如第二张桌子、椅子、储物间或娱乐用的装饰家具。因此,在选择家具时,首先要考虑其舒适性,其次再考虑外观的时尚与否。另外,保持家具风格的和谐统一,可尽情彰显主人的个性。如此精心挑选的家具能令你的起居、工作、聚友、娱乐都无比舒心,并让人们的心情彻底平静与放松。

2

家具的可塑性是极高的。在一间乡村风格的厨房内，可将一张小型咖啡台案与两副吧台椅搭配。

只要配饰得当，即使最普通的床和床垫也能让你好梦一夜。

大立柜亦可身兼二职，除了用做电视机柜外，还可与竹屏风一起构成玄关与客厅的隔断。

太多的桌椅腿会让整个房间显得凌乱，加盖一块桌布立即平添几分朴实与内敛。

地面的空间有限时，将物品层层摆放是最佳的解决方案。

宾客来访，围坐在茶几前聊天，绝对是个不错的选择，而椅子边放置的小桌子方便客人取放杯子。

把从博物馆收集回来的书签等纪念品装饰在家中，可以让人重拾出游时观赏名家大作的点点回忆。

配饰品

灯具： 工作灯，装饰灯，环境灯，蜡烛，灯罩。

个人用品： 枕头，亚麻制品，手巾，沙发罩，棉被，毯子，被面。

家庭便利用具： 镜子，炊具，餐具，时钟，花瓶，壁炉用具，花盆，烛台，托盘。

天然装饰品： 绿色植物，插花，水果，编织篮，葫芦，动植物饲养箱，鱼缸，鸟笼。

艺术品与娱乐用品： 艺术制品，书籍和杂志，DVD和CD收藏，手工艺收藏品，家用小电器，旅行纪念品，古董，运动器材，特色装饰物，照片。

装饰房间的第三步是加入配饰品，就如同制作美味的蛋糕，若能稍加冷藏后会更讨人喜欢，房间稍加装饰则会蓬荜生辉。华丽的装饰品看上去也许不那么实用，但只要你能搭配得体，也会让房间充满活力。温馨的灯光与椅边的书堆能吸引来客前去探究拜读，芬芳的薰衣草枕让备感疲倦的主人尽享安眠，DVD架上的影片则能让紧张的人们在休息日彻底放松身心。

学会适可而止。添加过多的装饰如同往汤里加入过多的调味品一样，可能破坏房间的整体风格。因此，我们的原则是：装饰得体即可。换句话说，你可以按照自己的想法和生活习惯点缀一些简单的装饰。如果你崇尚简约，那么请发挥你的鉴赏能力，在家中布置最符合自己品位的几样装饰物。如果你想突出亲和力和舒适感，那么你就得多摆放些装饰品了。当然，你还可以在本书的图片与创意中找到自己的装饰灵感。

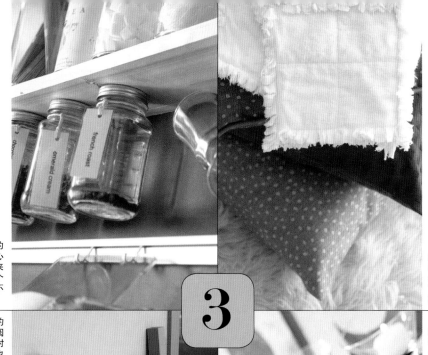

将你最棒的咖啡豆以别出心裁的方式展示出来吧，在厨房里开个"咖啡派对"也不错。

抱枕、坐垫是舒适生活的依靠。这些布艺装饰品不仅为室内增添了视觉享受，舒适感更是触手可得。

报刊架上的杂志不仅方便阅读，将漂亮的封面展示出来，也不失为一种装饰方法。

橱柜里的桌布和工艺扣环内的餐巾选购得体，也会让你的餐桌在烛光的映衬下光彩夺目。

3

卫浴的装饰应以时尚和实用为准则。镜子上方的吊灯为清晨的浴室提供了充足的光线。

漂亮的装饰摆设总是让人爱不释手，也许这些东西唯一的用处就是让你高兴。那又怎样？喜欢你没道理！

玄关
Entrances

作为房间的入口，玄关的作用就是要与主人一起迎接来客。试想一下，当客人们迈进家门时，你的玄关是否能承担这项重任呢？它是否能成为整个房屋的风格缩影呢？如果它仅仅是一条普通的过道，那么你就需要开始着手装饰它了。本篇第一部分将向你展示如何从零开始装饰你的玄关，同时还示范了多种不同风格的玄关装饰法。想让你的玄关焕然一新吗？请开始动手吧，重新粉刷墙面，更换灯饰，再来点创意小点子！

如何能让来客登门后立刻惊诧眼前这颇具异国风情的玄关，并且急切地期待参观其他房间呢？下面我们将介绍如何将玄关与客厅分隔，并能将鲜艳的色彩与精美的装饰品完全地呈现在客人面前的实用方法。

设计一处首饰盒
Jewel Box

 房间背景

门框和墙面处理：橙色门，薰衣草紫色墙面漆。
隔断：竹屏风，落地柜。
地面：实木地板，羊毛长条地毯。
灯饰：壁灯。

 家具

座椅：黑褐色藤椅。
储物容器：储物柜，柜子顶面。
储物家具：小柜子。

 装饰

情调灯饰：烛台。
便利道具：镜子，钥匙和信件盘。
迎宾小物件：植物，靠垫，可引起共同兴趣的物品，工艺品，陶器，锁圈。

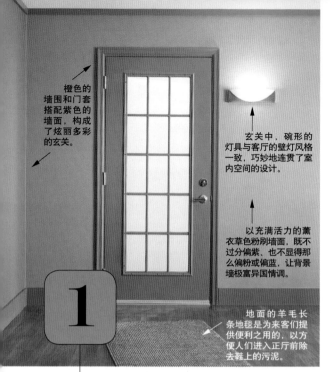

橙色的墙围和门套搭配紫色的墙面，构成了炫丽多彩的玄关。

玄关中，碗形的灯具与客厅的壁灯风格一致，巧妙地连贯了室内空间的设计。

以充满活力的薰衣草色粉刷墙面，既不过分偏紫、也不显得那么偏粉或偏蓝，让背景墙极富异国情调。

地面的羊毛长条地毯是为来客们提供便利之用的，以方便人们进入正厅前除去鞋上的污泥。

1

房间背景

房间的背景墙如同珠宝盒的丝绒表面一样，能衬托出室内装饰设计的格调，这间玄关墙面的色彩给人的感觉既如同遥远国度里的琴音那样淳厚嘹亮，又如神秘古物一般高深莫测，将异域情调渲染得十分到位，当然，玄关作为客厅的一部分，还需与客厅墙面色调保持一致（参见客厅篇第26页的客厅装饰）。

粉刷房间，应先将门框四边遮掩好，再用胶带将踢脚线覆盖好，以免弄脏这些细节之处。确定涂料颜色——采用柔和的薰衣草紫色后，开始粉刷整面墙壁以及对面墙壁，为了统一风格，并保持涂料色彩一致，此时可将客厅的部分墙面一同粉刷。另外两侧的墙面作为装饰墙，以深橙色的内饰乳胶漆粉刷，并形成一种半透明的墙面效果。在粉刷木门和踢脚线时，为延长其色彩的使用寿命，我们同样可以使用橙色的半亚光乳胶漆。

照明灯架安装在大门边的墙面上，与客厅的灯架外观相同，以此将不同空间连成了整体。由于该灯架的光线出口朝向上方，因此小小的一只灯管也可以为整个玄关提供充分的照明。当然，并不是所有的灯架都以照明面积来衡量其效用的，不同类形的灯架可以提供不同的灯光效果，比如，台灯的照明面积较小，但它很适于阅读或工作，烛光更小，而它却能为房间带来舞台感与私密感，同时也增添了节日的气氛。

羊毛毯为进出门口的人们提供了便利。朴素的条纹毛毯并非魅力四射，但柔软的质地却有效地缓解了整个玄关的硬朗感。

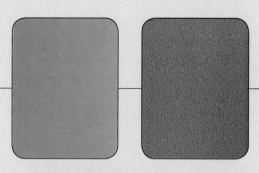

墙面：墙面的涂料请参照上面的色块，购买时请在涂料店里仔细确认色卡，以保证想象中的色彩饱和度和亮度与实际相符，然后再确认涂料的颜色与色卡的颜色是否一致。另外，也别在店里挑花眼，因为如果你选的颜色过多，你的墙面恐怕就会显得杂乱无章了。

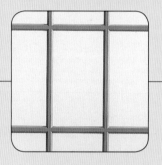

玻璃窗：门上的玻璃窗可作为装饰元素单独设计。大门选择半透明的毛玻璃，它能使光线充足又不失私密性。先以1cm左右的胶带覆盖窗框内沿，然后将未覆盖的区域涂上玻璃磨砂膏，最后取下胶带，每个玻璃格子四周就会形成人造的斜边，产生一种纯手工的痕迹。

地面处理：暗色的实木地板上适合铺垫各种长条的羊毛地毯。与其再铺一条同样的长毯，不如考虑选择色彩丰富的基里姆地毯，因为，鲜艳的地毯既符合房间的装饰主题，同时又与其他的工艺品摆设遥相呼应。

家具

没有家具的玄关只能算是一个普通的过道，所以你需要为这里添加各种家具，如：板凳、小椅子，或者是存放钥匙的桌案以及各种实用的装饰物件。如果你的户门刚好面对客厅，（如右图所示）那么就需要设计一处与门口相垂直的视觉屏障，以便形成一个户门与客厅之间的过渡性空间，也就是玄关。图中客厅的大电视柜背朝户门，充当了客厅与玄关之间的半隔断，为玄关与客厅勾勒出一种写意式的分隔。屏风则将隔断延伸至墙壁，完成了空间的彻底分离。过道中的桌案让空间得以利用，也为今后的各种装饰品提供了展示平台。

挑选合适的家具，需要根据你的空间平面图。选购时请带好尺子，务必确认家具的尺寸是否适合你的房间大小。然后确定空间主体风格，比如亚洲风格、印度风格、非洲风格、巴厘岛风格或者加勒比风格，再依照该地区家具的样式和做工集中挑选这一风格的家具，合适的家具可为玄关增添迷人的异国魅力。当然，你也可添加一些其他风格的家具在其中，因为漂亮的家居装饰有时也需要混搭的艺术。另外，如果你能保持家具色调的一致，风格完全迥异的家具同样能够形成统一的风格。

屏风将玄关与客厅进行了巧妙地分隔。

小柜子可供存放物品，桌案用来放置钥匙或信件，同时还可以为客厅电视柜的背面遮挡尴尬。

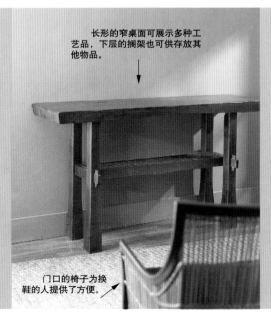

长形的窄桌面可展示多种工艺品，下层的搁架也可供存放其他物品。

门口的椅子为换鞋的人提供了方便。

巧思量大收获
Food for thought...

选购家具时可以到进口家居店去挑选外国进口的家具，这样可以丰富你的设计思路。有些家具商还出售一些可供组装的板式家具，如凳子、椅子、靠背长椅和桌子等等。购买前请仔细对比店内组装好的样品，并且注意观察原产地的家具款式与风格，以便为你的设计寻找到正确的灵感。同时你也可以考虑在网上选购一些简单的家具。

水果与鲜花是迎客的最佳装饰。

桌案上的镜子同样也可以帮忙挡住电视柜的背面。

3

铁丝上挂的书签是主人参观博物馆时挑选的至爱，迷你版的名画是最佳的谈资，主人侃侃而谈，客人留连忘返。

螺纹环来固定铁丝架。

请准备4颗小号的螺纹环、螺母和一卷6号的电镀铁丝。为了使展架牢固，先用一对墙钉把两颗螺纹环拧紧在墙壁中，再将一条铁丝的两头拴在这两颗螺纹环中，以同样的方法安装另一套螺纹环与铁丝后，用胶带和水平仪确保铁丝水平垂直，并使两根铁丝相距约20cm。此时，将螺纹环的尾钩与螺母挂好，再将螺纹环的螺纹拉杆慢慢拧进螺母，直至铁丝绷紧即可悬挂图片。

装饰

如果你有漂亮的工艺品、各种收藏品或绿色植物，可以把它们摆放到玄关。这些装饰将会放缓人们匆忙的脚步，主人在此轻松悠闲地迎接来客，客人们则可以停下脚步，俯身仔细品味周围的装饰。

水果与鲜花是迎客的最佳装饰。自然的装饰物更代表着亲密与永恒，因为它们从来没有任何的人工雕琢，纯朴的本色就足以取悦主人与客人。以水果和鲜花迎客，将喻意着特别的客人需要特别周到的款待。大文豪莎士比亚曾经说过：自然情感的流露，将使人们更加亲近。

镜子、烛台与托盘。镜子在视觉上扩大了房屋的空间，客人告别时也可借用镜子稍加梳妆整理。本案中，电视柜可视为客厅与玄关之间的隔断，而放置在这里的镜子还有另一处妙用，就是将柜子的背面遮住。镜子与烛台也是一对巧妙的装饰物，在某些特别场合中，点燃玄关的烛台，烛光在镜子的映衬下光芒闪烁，舞台般的氛围立刻呈现在眼前。此外，案台上的托盘则可用来盛放钥匙或信件等杂物。

铁丝展架。如何将图片装饰这一最普遍的设计手法进行创新呢？照片和明信片将以这种极为简约的方式展示出来。本案中，画片排成一列，用金属扣环夹好挂在铁丝架上，更换起来非常方便。一般需要购买4颗

这些照片的纵向线条平衡了铁丝架和桌面的水平线条产生的单调。

成对的装饰为玄关带来高雅的纯朴与宁静，和谐的韵律和严谨的风格让主人来客都倍感赏心悦目。

成双成对
Two's Company

画廊般的白色背景墙提供了展示个人收藏艺术品的空间。由于主人的品位通常会决定收藏艺术品的种类，当客人进门后就会对主人的风格一目了然。踢脚线以半亚光漆涂刷，与墙体颜色保持一致。

粉刷两只椅子。为获得陈旧的效果，把两张曲背软椅以白色漆重新粉刷一遍，在油漆未干前，将椅子的表面和边缘打磨陈旧。椅子的坐垫可改用颜色相近的布料（很多餐厅椅都可以用螺钉旋具拆卸坐垫），请个朋友帮忙将坐垫上的布罩抻平，将坐垫边钉在椅子背面。为了达到对称的效果，应首先确定装饰的中轴线，将茶几按照假定的中轴线放好，然后再在桌子两侧摆放椅子。

以对称的方式排列装饰品。同样需要确定中轴线，首先在茶几正中摆放台灯，以台灯柱为中心坐标轴，然后在墙壁两侧悬挂两幅相框，相框的尺寸和挂绳的材质都需要保持一致，要注意的是，相框的位置应刚好处于椅子的正上方，以此呼应全局。两幅画不必挂得过高，画与画之间、画与椅子之间都要留有足够的缓冲空间，理想的位置是画框的高度刚好与客人站立时的身高相符。继续以台灯为中轴基准，将一幅横向的指示牌挂在两幅画框的正中间，为这面墙壁的装饰设计画上了完美的休止符。为避免对称的设计过于保守僵硬，在茶几一侧摆放三件套的小型纪念品作为打破对称的设计，当然，别忘记用一只花瓶摆放在茶几的另一侧，以此来保持整体的对称感。

 ## 房间背景

墙面与踢脚： 白色基调。
地面： 实木地板。
灯饰： 头顶内置灯。

 ## 家具

座椅： 软垫座椅一对。
杂物案台： 圆形茶几桌。

 ## 装饰

情调灯饰： 台灯。
个人小物件： 相框两幅，指示牌一幅，三件套小纪念品一套，白色花瓶一只。
迎宾小物件： 鲜花。

画廊般的白色背景墙干净利落，为主人提供了展示个人收藏品与家居装饰品的空间。

PARIS

茶几上的台灯为空间增添了几分亲密感。

对称摆放的曲背靠椅让门口井然有序，又不失隆重体面。

大门的边窗使门口
光线充足，让主人对门口
的状况了如指掌。

涂装过的长宽比例为1:3
的装饰木板既经济又实惠，安
装在离地面约1.60m的位置，
客人的注意力也随之被引导至
楼梯。

善用小件的装饰物品
能够扩展你有限的空间，
只需在装饰木板上面安装
衣钩，你的户外用品就不
用再挡路了。

狭小的楼梯空间，虽然一片空白，但处理起来却非常棘手。门厅被楼梯切割得支离破碎，缺乏装饰设计又使它显得毫无生气。

温暖的问候
Warm Welcome

 房间背景

墙面处理： 白色油漆，棕色草麻墙纸。
地面处理： 实木地板，楼梯地毯。

2 家具

座椅： 梯式靠背椅。

3 装饰

储物： 墙壁挂钩。
方便小物件： 脚垫，挂镜。

创作一个质感背景。墙面以芦苇制作的草麻墙纸进行装饰，质感十足。横纹的装饰壁纸抵消了陡然升高的空间给人带来的突兀感。在墙面上画一条距离地面约1.60m的直线作为标记，此直线一直向上延伸至楼梯，它就是墙纸上沿的标记。此项施工顺序是先从门边的墙角开始，然后是大片的平整墙面。按墙面的设计裁剪好墙纸，准备一把刷子，将树脂胶均匀涂在墙纸的背面，依照墙上做好的标记对齐，用手轻轻地将墙纸贴压在墙面上。用水平仪检查边缘是否垂直整齐，这样如法炮制直到整个墙面完工。墙纸与墙纸之间首尾相连（不必担心首尾相连造成的可见缝隙，因为草麻墙纸贴出的墙面要的就是这种效果），最后用长宽比例为1:3的装饰木板为墙纸镶边，固定木板前要先刷一遍白色油漆。

一张有用的座椅。在门边的拐角处摆放一张座椅，这也是门厅唯一可利用的空间，来往的客人可以在此稍做停歇，在踏上楼梯的地毯前，换下双脚泥泞的靴子。

实用的小挂件可以扩展室内有限的空间。将衣服挂钩直接固定在墙面的装饰木板上，用丝带穿过镜子，再挂在衣服挂钩上，门厅的地面别忘记再放一张小毯子，让脚下的灰尘泥土全部留在门口，如此小而精的物件可以让你的门厅更加实用。

如果你的门厅又窄又小，也不必担心，按照下面的方法重新装扮后，门厅将如同被施展了魔法一样焕然一新。

实用的魔法
Practical Magic

 房间背景

墙面与户门：墙围，格子状装饰木条，宽幅踢脚线。
油漆颜色：黄色，卡其黄，淡黄色，白色。
地面处理：实木地板。
灯饰：纸灯罩。

2 家具

座椅：小折叠凳，同时兼做杂物台。
储物：放置于对面的大衣柜。

3 装饰

个人小物件：古色古香的装饰字母和鱼杆。

创造一个墙板。墙围上的三合板可起到一物四用的功效：首先，它作为墙面装饰，会使门口空间变得更加宽敞，更具时尚感；其次，它作为实用的支撑装饰，具有消声的功能，再者，它可以掩盖凹凸不平的墙面，最后，还能保护墙面免受日常的磨损。如此实用的墙围，制作方法如下：首先清除原来墙面的踢脚线。依墙体的宽度，安装一只约2cm厚、88cm高的墙围板。利用间柱探测器确定内墙支撑木架的位置，然后将墙围固定在内墙支撑木架处，以获得更加牢固的效果。在选择涂料色彩方面，墙围以上的墙面用淡黄色的涂料粉刷，而墙围则以浅土黄色涂料粉刷。大门也以同样的土黄色涂料粉刷中心区，中心区的四周留有约15cm的宽边。然后开始制作墙围上的格子，踢脚线采用2cm×15cm的木板，每相距约30cm放置一块竖立的木条，墙围封顶采用长宽比为2:1的横木板。门框用4根木条装饰，将它们的两端切成斜角进行拼接，并围住土黄色的中心区域。涂刷时，将4根木条先打一遍底漆，再刷一遍白色油漆即可。等候油漆风干的同时，我们可以继续下一步：将墙围的踢脚钉牢，继续将竖木条依次固定在墙围上，最后以横木板封顶。油漆风干后，使用胶水与铁钉将大门上的4根装饰木条牢牢地固定在浅黄色的中心区四周，这样，一面魔法墙即刻出现了。

狭窄的门口尽量少放家具。这点空间放上一张小椅子加上一个衣柜足矣。图中古朴的高尔夫球椅外形别致，更符合节省空间的要求。

装饰古董字母。从跳蚤市场淘到的这套古香古色的字母，刚好适合放在墙围的横顶上。天花板上的吊灯照亮了门厅过道，吊灯的纸灯罩为人们带来了温馨感。

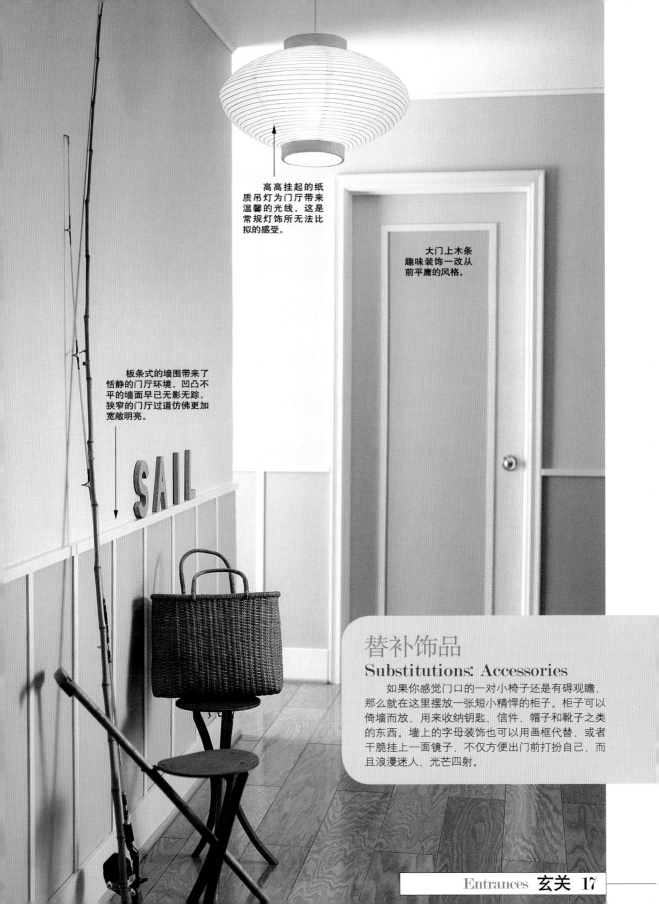

高高挂起的纸质吊灯为门厅带来温馨的光线，这是常规灯饰所无法比拟的感受。

大门上木条趣味装饰一改从前平庸的风格。

板条式的墙围带来了恬静的门厅环境，凹凸不平的墙面早已无影无踪，狭窄的门厅过道仿佛更加宽敞明亮。

替补饰品
Substitutions: Accessories

　　如果你感觉门口的一对小椅子还是有碍观瞻，那么就在这里摆放一张短小精悍的柜子。柜子可以倚墙而放，用来收纳钥匙、信件、帽子和靴子之类的东西。墙上的字母装饰也可以用画框代替，或者干脆挂上一面镜子，不仅方便出门前打扮自己，而且浪漫迷人、光芒四射。

用天然的松木板做背景墙很适合挂放收藏品，再饰以白色的涂料，显得干净利落且极富质感。

两只风格迥异的座椅与复古式镜子和谐共处，半圆形的桌子则是它们的最佳拍档。

巧思量大收获
Food for thought...

　　你可以在灯饰店找来一只颇有趣味且独一无二的饰品作为装饰灯具。如果它不适于作吊灯，那么干脆为其添加一个装饰性的底托或底座，再加上手工缝制的灯罩，边缘缝上华丽垂顺的蕾丝花边，直接充当台灯也是个不错的主意。接下来还要收集一些与之相符的背景装饰物：金属漆盘、瓷盘、破旧的皮书、木盒、藤条筐、未封框的油画等。另外，你也可以尝试用废弃的墙面支架和零七八碎的小物件组合出一种复古的风格。

透过大门的玻璃窗，我们可以看到这些让人爱不释手的收藏品，玄关的大幅面镜子更是映衬出多种不同风格的装饰品。

芝麻开门
Open Sesame

 房间背景

墙面颜色：白色。
大门及门框颜色：白色。
地面处理：地砖（每块约30cm²）。
灯具：仿古玻璃吊灯。

 家具

座椅：路易十六时期风格的直背椅，
爱德华七世风格的英式包垫椅。
储物：半月形桌案。

 装饰

情调灯饰：台灯。
方便小物件：镜子，金属托盘。
个人小物件：破旧的皮书，木盒，藤条筐，装饰画，瓷盘。
迎宾小物件：银质花瓶与鲜花。

覆盖玄关墙面。玄关的墙面由天然松木板覆盖，为了使这块背景墙干净利落并富有质感，同时适于挂放装饰品，我们应当用白色的半亚光涂料粉刷一下墙面，另外，踢脚线、窗框、门框也可以采用同样颜色的油漆粉刷。别忘记在冰冷的瓷砖地面上铺上一张复古的旧地毯，天花板的灯饰也需要放弃常规的吊灯而选用迷人的仿古玻璃吊灯，这时，一幅温馨、怀旧的画面就出现在我们眼前了。

选用合适的家具。首先让我们用一面大幅面的镜子为玄关的装饰风格定好基调，然后开始寻找一只合适的椅子，这是非常不容易的，你要睁大眼睛仔细地寻找。也许你可以在成套的旧家具中淘到一把合适的椅子，但你要特别留意旧椅子的外观与质量。通常情况下，一把做工精致的二手椅子绝对是一笔划算的长期投资，其质量要比廉价的新款椅子强很多。当然，能找到成对的椅子自然最好，但是你若尝试将两张风格完全不同的椅子进行搭配，也是一件充满乐趣的事情（第18页图）。图中的一对椅子风格相似，圆弧的线条也近乎一致，简直是天生一对。

桌子周围合理摆放装饰收藏品。我们的原则是：把来自于相同文化背景和地理位置的装饰品摆放在一起，以获得和谐的效果。精巧的亚洲装饰品就是最好的例子，日式伊万里瓷器和中式泥塑人再加上颜色鲜艳的皮书以及高雅的中国青花瓷，可以从容地混搭在一起。书本和木盒子可以将小装饰品抬高，因此它们除了本身的功用外，还能使整个桌案的装饰品和谐有序，看来，物品虽小但意义非凡啊！镜子两侧悬挂的一对绿瓷盘和植物标本画也为这里增添了多变的风格。

客厅
Living rooms

深色的格调加上华丽的材质散发着诱人的魅力。房间里各种柔软的织物，如丝绸、绒线、丝绒、平纹皱丝织品都能与热情的现代民族式家具完美融合。下面来看看我们是如何完成这些设计的。

丝绒的诱惑
Velvet Allute

 房间背景

墙面，角线，墙围的颜色：橙色，薰衣草紫色。
窗帘与房间隔断：丝绒窗帘，墙面装饰镜，竹屏风。
地面处理：实木地板，羊毛地毯。

2 家具

座椅：深红的组合沙发，黑褐色的藤椅。
桌子：玻璃套桌，木质套桌。
储物：墙面搁架，电视机柜。

3 装饰

情调灯饰：缀穗落地灯，壁灯。
个人物品：丝面枕，围巾。
养眼饰品：水果，鲜花，花瓶，玻璃器皿，手工艺术品，缀穗枕，瓷盘。

独具匠心的客厅设计才会人见人爱。不论你的设计风格是传统或休闲，是简约或夸张，都需要对装饰环境和设计深思熟虑。试问自己，家中的客厅设计是否符合你对生活的追求？如果答案是否定的，那么请仔细阅读本章，将家中最灵活多变的空间塑造成宜居、时尚兼具完善功能的生活空间。

羊毛地毯嵌入实木地板中，为将来的家具规划出了空间范围。

一片片的镜子组合成一面巨大的墙面镜，人为地将窗户向墙面延伸许多，为客厅平添几分迷人的魅力，同时增强了房间里的光线强度。

踢脚的颜色与房间两侧墙围的颜色保持一致。热情的橙色与主体墙面的丝绒紫色相互衬托。

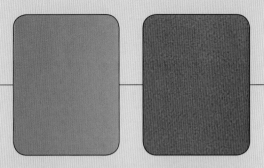

墙面： 客厅与玄关的墙面应采用相同的色调。参见本书第14页的色彩选择建议，选好颜色后开始涂刷墙面、窗框、踢脚板和天花板的线板。

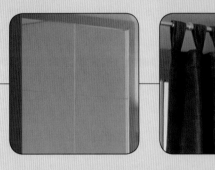

窗： 窗子因两侧的镜子而延伸扩大。整面镜子由一片片小镜子构成块状的窗玻璃，安装要比普通的窗子简单许多。窗户安装了颇具现代感的金属挂杆以及丝绒吊带窗帘。窗帘的材质柔软又不失私密性，同时，紫色的窗帘丰富了房间的色彩搭配。注意，平时最好不要用窗帘遮住镜子。

地面处理： 你可以前往地板专营店选购地毯和可供DIY的木地板，用来制作地毯嵌入木地板的效果。为了达到嵌入的效果，请选择未封边的短绒地毯以及足够围绕地毯的木地板。如果房间已经全部铺好木地板，你也可以买一块封好边的成品地毯，然后直接将地毯铺在木地板上，不过，它只是一张普通的地毯而不是嵌入式的地毯。

房间背景

在这间长方形的屋子中使用了多种装饰材料，玻璃、涂料、丝绒、羊毛、实木和镜子，这些不同的材质为空间勾勒出了丰富的线条。墙面镜旁的壁灯与玄关处的壁灯款式相同，体现了主人在不同空间巧妙设计出平衡的对称美。

制作墙面镜，你需要购买几面小镜子，每块小镜子的背面最好都带有自粘胶。图中所示的墙面镜均由12面小镜子拼接而成，至于你家的镜面到底需要几面小镜子，需要依实际的窗户尺寸而定。首先在窗子的两侧找到中心点，轮流在中心点的上方和下方铺设。根据自粘胶的说明，将这些小镜子分两列粘牢在窗子的一侧，然后以同样的方法完成窗子另一侧的粘贴工作。最后以约5cm宽的木框为镜面镶边，木框的颜色应与窗框保持一致。

嵌入一块地毯。在自制的实木地板里，你得先购买一块地毯，尺寸要比实际的长出1m左右，还要准备足够开槽的厚木板，以便完成余下的地面处理工作。首先将地毯平铺在地面，然后将地毯未覆盖的地面铺设好地板，地毯与地板之间的封边请使用约2.5cm厚的木板，按照地毯的高度，沿着木板的内沿开槽，最后用长铁钉将封边与底层地面固定在一起。

备注：为了达到同样的效果，你也可以将地毯放置在已经铺好的地板上面，然后以相同颜色的木板为其封边。

家具

本篇将为你介绍的装饰设计源于第12页的文章，即玄关另一侧的客厅装饰。这里的家具既为客厅服务，又构成了两个不同空间的隔断。房间里同时还摆放有展架、茶几、软垫椅等家具。

制作搁板单元区。展示架采用约30cm宽的中密度纤维板。先准备2块约2.5m长的木板和1块约1.8m长的木板。制作展架上的小阁子需要5块约30cm×30cm的木板和4块约30cm×40cm的木板。下一步是为准备好的长木板开槽。首先开槽位置位于木板两侧的末端，然后按等宽的间距在每块长木板上开槽（展架上部由4个约30cm高的展阁组成，下部由3个约40cm高的展阁组成）。展板自下而上居中放平，将分隔用的方形木板一一嵌入开槽中，用胶水和铁钉固定好，最后用与墙围颜色相同的涂料粉刷整个展示搁架。

摆放家具。房间内先摆放一张转角沙发，然后在旁边摆放两张单人沙发。为了方便主人接近展架，单人沙发之间应留有约30~40cm的间距。继续沿着单人沙发在第一张转角沙发对面，摆放第二张双人转角沙发，这样单人沙发与双人沙发就完成衔接。为其中一张双人转角沙发边上配上一张脚凳，

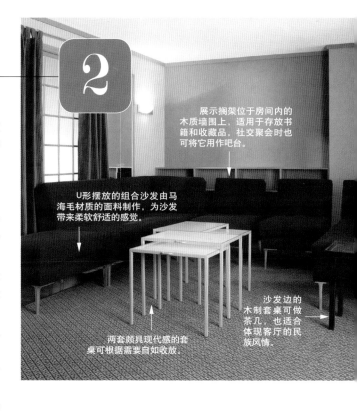

展示搁架位于房间内的木质墙围上，适用于存放书籍和收藏品，社交聚会时也可将它用作吧台。

U形摆放的组合沙发由马海毛材质的面料制作，为沙发带来柔软舒适的感觉。

沙发边的木制套桌可做茶几，也适合体现客厅的民族风情。

两套颇具现代感的套桌可根据需要自如收放。

U形的沙发阵就完成了。最后，房间的中央放置一套玻璃套桌，在藤椅和第二张双人沙发的旁边各摆一张茶几。展示架固定在墙面的位置很关键，最上层的展距距地面约1m，客厅的组合沙发与展架应当保持一段距离，这样不会妨碍窗帘的自然滑动，也方便更换和观看展品。

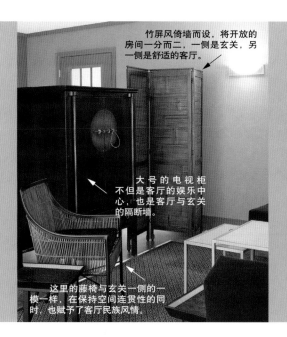

竹屏风倚墙而设，将开放的房间一分而二，一侧是玄关，另一侧是舒适的客厅。

大号的电视柜不但是客厅的娱乐中心，也是客厅与玄关的隔断墙。

这里的藤椅与玄关一侧的一模一样，在保持空间连贯性的同时，也赋予了客厅民族风情。

巧思量大收获
Food for thought...

家具能够体现你的风格与品位。如果你需要传统的设计，那么请选择仿古家具，比如弧形靠背的沙发、狮爪形弯腿、球爪形支脚、盾牌或竖琴式的靠背座椅；如果你需要传统中不失现代感的风格，同时兼顾20世纪的经典设计，则可以选择巴塞罗纳椅或瓦西里椅；如果你偏爱休闲的风格，在弯曲扶手的沙发里配上软软的垫子正符合你的要求。

你喜爱的报刊与杂志在架上随手可得。装饰灵感来源于图书馆或书店里的报刊架。

墙上的镜面映射出房间内的各种装饰品，而镜中的倒影又为这些饰品加披了一层华丽的外衣。

非洲风情的染色葫芦雕塑为主人和来客增添了几许谈资。

绣花缀珠的布面，奢华的丝缎为马海毛绒面的沙发提供了丰富的质感组合。

房间中漂亮舒适的家具需要搭配个性化的饰物才算最终圆满。小装饰物可以调节这间客厅的气氛，让身体和心灵得到彻底的休息和松弛。当然最好还是提前选定装饰风格，比如非洲或亚洲风格的手工艺品，这样会方便你选择颜色和材质相同的装饰品。朴素的装饰品刚好搭配华而不实的现代感家具。

抱枕和披巾是用来欣赏的艺术品，应该布置在人们可以触摸到的地方。长沙发的末端放上一对精致的艺术抱枕立刻就能让人眼前一亮。两张单人沙发上也来摆放一对背垫，与那对抱枕遥相呼应，让人倍感舒适。

摆放装饰品需要很好的视觉平衡感。简单对称地摆放饰品看上去好像很舒服，实际上聊无新意，而非对称的美感正好适合装饰品的搭配。例如：在展示搁架上摆放一组婚庆篮，再配上一组小凳子，房间内便立刻显得宁静而井然有序（第21页图）。茶几上的大果盘与工艺葫芦和谐共处，增添了几分趣味。用中式丝绸披巾写意地搭在沙发靠背上，组合沙发从此不再显得冗长而单调。

阅览架需要2根长约1.5m，5cm×5cm的方木条做支撑腿，另外还需要6根长约40cm，直径约1cm的圆木条作为横梯。从支撑腿的最顶端开始丈量，分别在约8cm、35cm、66cm、100cm、112cm处标记。用夹子将两条支撑腿夹住后并列对齐，将已经标记过的支撑腿面朝上，然后依照标记在另一根支撑腿划上标记。用钻头在支撑腿的标记位置钻一个约2.5cm深的孔，用砂纸稍加打磨。先不要涂上胶水，反复试验圆木条钻孔已经吻合，再以砂纸打磨平整。尺寸符合要求后，用胶水粘牢横梯。最后将阅读架平放在地面待胶水晾干。架子按照窗框的颜色涂装后即可大功告成。

白色是永恒的主题，就算装饰风格完全改变，季节转换，白色依旧如新。小说中的铁面具和装满冬青枝的塔式罐，都是壁炉架的最佳装饰品。茶几上可以摆放一个敞口的玻璃碗，里面塞些透明的玻璃鱼漂，再配上一串白色装饰小电灯。当冬季雪花纷飞，人们倦缩在家中享受的时候，放一些精巧的装饰品，顿时就能令人身心倍感温暖。

铁架、玻璃、外加花瓶中的一束海草，多种质地感产生了鲜明的反差，但未破坏房间整体的风格。

壁炉上的夏日泳装画，黑白的色调为古典家具装饰的房间带来激情与活力。

称心如意的海岛小屋夸张却不失精致，永恒不变的白色主题将二者合二为一。

沙丘城堡
Sand Castle

1 房间背景

墙面与脚线： 白色。
窗帘： 私密的白色纱帘。
地面处理： 轻木地板，亚麻地毯。
灯饰： 现代吊灯。

2 家具

座椅： 布垫椅，盾背椅。
桌子： 圆形咖啡桌，茶几。

3 装饰

情调灯饰： 壁炉里的蜡烛，壁灯。
个人小物件： 花边披肩，软椅垫。
养眼饰品： 壁炉架周围的小饰品，咖啡套桌，绿色植物，壁炉画。

墙面、天花板和窗框作亮白色的处理。白色符合人们追求简约式奢华的心理，并将照向窗口的日光折回（晚上，窗户上的白色褶皱纱帘或白色百叶窗还能为房间提供足够的私密性）。大块亚麻地毯勾勒出休憩的场所，也呼应了房间中层层的白色与沙色。

两种不同色调的白椅子摆放在中央的咖啡桌边。一张是布艺椅子，椅垫的布面由黄白色的叶子组成；另一张是盾背椅，椅垫是香槟色与白色相间的条纹款式，精美的颜色与淡雅的线条构成了安静的空间。我们可以为茶几那古典餐桌式的桌腿重新刷上亮光漆，也可以购买一张新的亮白平滑漆面的圆形茶几。窗边摆放一张铁架桌，而椅边的脚凳可以用来歇脚或作托盘架。

陈列的效果。原本缺乏层次感的房间只要点缀一些小物件和漂亮的装饰品就会变得令人陶醉。例如，咖啡桌上的书档方便人们阅读，玻璃花瓶里的雏菊生气勃勃，水果则让人胃口大开。房间各处点缀的绿色植物，壁炉里点燃的蜡烛，都能营造出舒缓和愉悦的氛围。

墙面上的几何艺术图案为传统的家居增添了现代元素。

灰色的背景墙、色彩柔和的家具、简洁的白色天花线好像组成了一幕演出的舞台，优雅地衬托出客厅的主角——几何图形艺术画。

蓝色的抱枕和窗帘复制了墙面艺术画的色调，成为房间中令人愉悦的休闲点缀。

工艺品店的塑料膜可以帮你快速拓出一些几何图案。这种塑料膜背后带有自粘胶，用手工剪整齐地剪出形状，将拓模压在墙面上，刷好涂料，然后揭开，即可完成墙面绘画。

三个醒目的蓝白相间的色块，如同封框的现代艺术画。而那个作为壁炉架上方的装饰画，也是整个房间的装饰亮点。

整齐的几何艺术
Squared Away

房间背景

墙面颜色：灰色墙漆，白色天花角线，蓝白相间的造型色块。
窗帘：蓝色纯棉吊带窗帘。
地面处理：复合地板，封边的剑麻地毯。
灯饰：天花板吊灯。

家具

座椅：灰色布垫椅和灰色脚凳。
桌子：栗色茶几。

装饰

情调灯饰：台灯。
个人小物件：蓝白色的抱枕，深褐色的绒线披肩。
养眼饰品：壁炉栏，银质花瓶，鲜花，相片。

墙面作灰色处理，所有的天花线和脚线（包括壁炉周围）全部涂刷成白色。开始涂刷之前，以壁炉架的中轴为基点，利用水平仪和彩色铅笔，画出三个等高的方块，平均分布在壁炉上方。每个方块的面积约为40cm²，均位于壁炉架上方约20cm的位置，相互之间间隔约5cm。用胶带将方块四周挡好，两边的方块涂上白色涂料，中间的用蓝色涂料，取下胶带等待涂料晾干。再次利用水平仪和铅笔在两侧的方块内画出小方块，四周留有约5cm的宽边。用胶带盖住宽边，然后用滚筒刷刷上白色涂料（见第26页左上图）。在硬纸板或塑料膜上依照罗盘或瓷盘形状画出圆形，并剪下来，这就是圆形的模子。在中间的方块里用剪好的圆形模子画出一个更大的圆形，上下左右各留约5cm。将方块中的圆形涂成白色，等待晾干后，用海绵和洗碗液或香波清理铅笔线，必要时可为边缘补色。蓝色的吊带窗帘挂在朴实无华的现代窗杆上，地毯则放置在壁炉前方。

壁炉周围布置座椅和地毯。沙发摆在壁炉的对面，而小茶几放在座椅边上，离手咫尺之遥（典型的座椅摆放方式是将一对扶手椅面对面放在沙发两侧，小茶几可放在椅子与沙发中间的空隙）。

最后一步是选择装饰抱枕。抱枕的色调应与壁炉架上的造型主题保持一致。柔软的披肩搭在舒适的椅子上，再配上一盏阅读台灯。壁炉护栏是必要的安全措施，可以选择一款符合房间整体风格的护栏。

朴素典雅的灰色与乳白色的木窗作为背景墙,更好地衬托出房间中的家具与饰品。

壁炉墙上的圆形镀金镜位置无懈可击,即使壁炉没有点火,它也能让客厅里的玻璃桌、筒形花瓶、银质冰酒桶以及玻璃酒杯永远闪耀着光芒。

圆形的扶手沙发透出舒适的气息,相对于那死板的直角扶手布艺沙发,更突显出人对于生活逸趣的追求。

法式风格的含意就是将古典艺术普及大众,究其原因大概是其灵活可塑的特点导致。如果你不能直接飞去巴黎的跳蚤市场亲自挑选中意的物品,不要紧,我们可以根据其标志性的外形与特点在中国本土找到风格相似的家具。

奶香四溢
Creme Fresh

1 房间背景

墙面与窗框的颜色:卡布其诺咖啡色,乳白色。
地面处理:实木地板,仿古地毯。

2 家具

座椅:卷曲木制扶手的布艺椅。
桌子:木质茶几,金属脚玻璃面的咖啡桌。

3 装饰

迎宾小物件:玻璃杯,陶罐,银质冰酒桶。
绿色植物:新鲜的桉木枝叶。
养眼饰品:镀金镜面,花哨的织物面料。

极为简约的现代派油画为房间增添了趣味的色彩，直线条的油画中和了曲线感的家具。抱枕、围巾和地毯的色调相呼应。

第一眼看过去，木质茶几与细长的扶手椅无任何共同之处，但当你仔细观察后会发现茶几的木质纹理与卷轴状的扶手椅同样充满了曲线美。

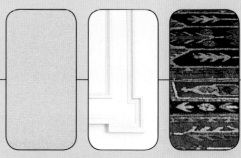

背景： 朴素典雅的背景墙应选择暖色中性的墙面和木窗颜色。选购一块大面积的东方波斯地毯，为房间的颜色、格调和质感定下基调。当然，你也可以在跳蚤市场或古董商店里挑选真品，或在家装饰品商店里选购仿制品。

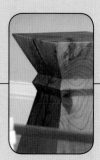

家具： 你可以从古董店里挑选真品，也可以从EBAY、拍卖行购买。如果只是需要线条与风格一致的家具，那就去家居店或通过家具厂商直接购买仿制品。如果需要类似图片中的纯手工木茶几，就得多逛逛家居市场、街头小店了。

买房时应了解房间的建筑结构，这样你就能对自己未来的装饰设计风格胸有成竹了。本案中，背景墙上刻板的英伦风格木窗刚好与这套富于曲线的法式家具相配。壁炉与地毯同为客厅中的亮点，但地毯既能为来客引导方向，又是布置座椅位置的参照物。

家具摆放。各类家具均以U形方式排列在壁炉两侧。玻璃茶几和浅麻色的坐垫突出了客厅中央华丽的波斯地毯。大茶几是一款国际品牌的仿制品，小茶几则是通过邮购而来的。

房间的装饰品首先要符合家具本身的柔和曲线，然后可反其道而行，摆放一、两件令人惊艳的装饰品，既满足了视觉上的美感，也为主宾增添了闲聊的谈资。客厅中法式风格的镀金圆镜再次为房间内添加了柔和的曲线感。布艺抱枕和圆形的花瓶反映出优雅的欧式风情主题。壁炉右侧的墙面上，现代派油画和木质小茶几对现代艺术风格做了最完美的诠释。

装饰品： 跟着感觉走即可，但要紧记房间的基本风格：中性色彩的背景墙、曲线条的家具和重中之重的地毯，缺一不可。选择装饰花瓶、玻璃器皿或其他工艺品可为房间增光添彩。

当极简主义的家居装饰与旧式的维多利亚风格公寓结为一体时，简单的布置即刻就能完成客厅的改造。

二度春风
Second Wind

房间背景

墙面和窗户的颜色：浅褐色（米色），乳白色。

窗帘：白色活动百叶窗。

地面处理：深色木地板。

家具

座椅：现代风格的椅子，地板坐垫。

桌子：现代风格的茶几。

储物：老式药品柜，墙面搁架。

装饰

个人生活用品：斑马纹靠垫，软毛坐垫套。

养眼饰品：玻璃瓶，画框，瓷盘。

迎宾小物件：花瓶中的鲜花。

粉刷高挑的天花板。浅褐色的天花板不会因为其高挑的距离而让人们忽视了它的存在和美感。乳白色的墙面和木窗让房间显得宽敞明亮。墙上的三层搁架提供了储物和展示的空间，同时也形成了多变的层次结构。老旧的灯具被现代风格的吊灯替代，深色的木地板经过清洁和打蜡后光彩照人。

确定茶几的位置。茶几作为客厅的中心装饰品应当布置在吊灯的正下方，周围淡淡的布艺坐垫仿佛与墙面一同融化消失。乳白色的木窗与深褐色的木地板构成了客厅别具一格的背景，陈列在搁架上的展品也同样反映出与整体格调相同的深与浅。老旧的轮式药品柜一物两用，既可储物，又是一个额外的展台。

增加饰品。客厅内的装饰品反映了主人的品位。投射进窗户的日光继续透过茶几上的玻璃瓶折射至房间各个角落。屋内白色的陶器、瓷碗与玻璃器皿、相框写意式地相互混搭。为了突出个性，应该为自己的客厅选择一个主题或找到风格相同的装饰品。例如，为了获得富有质感纹理的装饰风格，可以选择木制、柳条和金属装饰品，或者搭配铁制、玻璃和纸质的装饰品。贵重的家私可以成为房间中的焦点，围绕着焦点装饰房间可以增加空间的层次感。与其平铺直叙地布置展品，不如将玻璃器皿和相框由前至后交错摆放。为饰品之间留有足够的间距，以便让线条明朗的展品尽情炫耀自己的曲线。

巧思量大收获
Food for thought...

平衡的采光设计来自三种不同光源：环境光线、重点光线和装饰光线。正确的光源组合不但可以为房间每个角落带来明亮的光线，营造出舞台的气氛，而且也可以从视觉上调整空间的布局，突出主人的至爱收藏。当然如何合理地搭配光源才是最为关键的，重点光线应为读书阅报、烹饪做饭和其他工作提供服务，而装饰光线则强调房间中最具特色的艺术品。

墙上的三层搁架形成了多变的层次结构，也为珍贵的收藏品提供了储放和展示的空间。

现代风格与维多利亚风格和谐地融为一体，其秘诀就是保持极简约格调的背景。

低矮的茶几与深色的地板将人们的视线重新拉回到地面，舒适惬意的客厅又不失现代感。

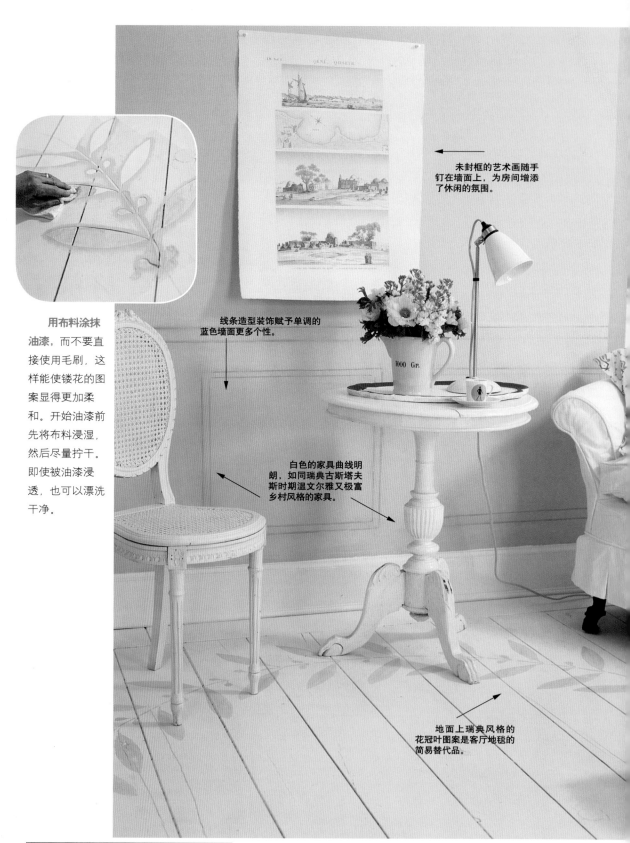

用布料涂抹油漆，而不要直接使用毛刷，这样能使镂花的图案显得更加柔和。开始油漆前先将布料浸湿，然后尽量拧干。即使被油漆浸透，也可以漂洗干净。

未封框的艺术画随手钉在墙面上，为房间增添了休闲的氛围。

线条造型装饰赋予单调的蓝色墙面更多个性。

白色的家具曲线明朗，如同瑞典古斯塔夫斯时期温文尔雅又极富乡村风格的家具。

地面上瑞典风格的花冠叶图案是客厅地毯的简易替代品。

蓝色的条形装饰造型和地面的镂花油漆图案构成了明亮轻快的瑞典风格。

跨越国境
Over the Border

1 房间背景

墙面和脚线颜色： 淡藕荷色，白色。
地面处理： 油漆过的白色木地板，地面图案。
灯具： 窗灯。

2 家具

座椅： 配有沙发罩的圆形扶手沙发，曲背柳条椅子。
桌子： 托架桌，圆形和长方形茶几。

3 装饰

灯具： 台灯。
个人生活用品： 布垫脚凳，蓝白印花靠枕。
养眼饰品： 鲜花，水彩纸上的风景画。

地板和脚线做白色处理。处理墙面条形装饰时，先用3HB硬铅笔或水溶性裁缝粉笔，根据椅背护墙条的高度画出标记（标准的高度是距离地面约90cm），并在护墙条的下方标记两个长方形面板的位置。然后在地面上画出一个椭圆或圆形的范围作为装饰区。用空白的拓模剪出一条长约60cm的护墙条模（可反复使用）和一块长方形的面板模。制作地面图案需要再剪一块不同尺寸的树叶模。首先用无绒布蘸些漆料（涂料店有售），再用纸吸走布面里大部分的漆料，之后轻轻地用布在拓模的空白处涂抹漆料，挪开模再将其固定在下一个图案的位置，继续上漆。所有的地面图案完成后，再在地板上刷一层或多层的透明地板保护漆。

安排座椅的位置。座椅布置在地面镂空图案的四周，两边各摆一张圆形和方形的茶几，就能形成宽敞且内敛的艺术效果。镂空图案的中间适合摆放一张直径约90cm的支架桌。

用蓝白印花风格的布料制作沙发抱枕和脚凳的坐垫，墙上的水彩画用大头钉钉好。茶几上可摆放几本斯堪地那维亚风格的书籍用来装饰，再放上一、两盏台灯和一个大号的蓝白色托盘。

永恒的颜色、传统的布艺、大尺寸的家具、不同的元素构成了具有包容感的古典式客厅，同时也使这间客厅看上去比实际面积大多了。

以小见大
Small is Savvy

① 房间背景

墙面和脚线颜色：金黄色。
地面处理：剑麻地毯。
灯具：古典式落地灯。

② 家具

座椅：超进深的沙发，天然柳条椅。
桌子：软垫脚凳，古典式茶几。
储物：金属茶几。

③ 装饰

情调灯饰：蜡烛架上的圆柱蜡烛，筒灯。
个人生活用品：抱枕，披肩。
养眼饰品：带有底座的花瓶，版画，雕像，立柱一对，鲜花。

处理墙面。当客厅的墙面披上足以让人激动不已、激情四溢的金黄色调时，窄小空间瞬间变大。你可以从地板专营店挑选一款亚麻地毯，大小足够铺满整个房间，并请专业工人帮忙铺好。或者按房间的大小购买一块大尺寸的地毯，然后直接铺在现有的木地板上。脚线和天花线采用与墙面同样的色彩处理，连贯的色彩仿佛更加扩大了客厅的空间。

布置空间。客厅里摆放了一张超进深的大沙发和一张结实的软垫脚凳，还有坚固的扶手藤椅。但在布置家具时，应该注意家具的舒适感和相互之间的平衡感。有了大型的家具，你就无须购买过多的小家具了。家具的外罩应选用温暖自然的棕褐色。色调的一致不但能够吸引人们的注意力，而且能够最大限度地利用空间。沙发和座椅以L形布置在窗边，形成了一处舒适的角落。沙发和扶椅之间可摆放一张或两张茶几，高的用来放置装饰物，而靠近扶椅的低矮茶几则用来堆放书籍。

古典的装饰品让客厅充满生气。我们将落地灯摆放在沙发一侧，与扶椅保持最远距离。调整沙发旁的落地灯光线，使其向上照射，房间里立刻就有了舞台般的效果。软垫脚凳上放一张超大号的托盘和一对引人注目的蜡烛架。墙面再挂上一张大幅的地图和一面古典装饰镜。下一步是为客厅添加一对黑色的立柱和园艺雕塑。这样的搭配不仅再现了古典的建筑风格，又仿佛在向人们讲述着古希腊的神话。最后一步是在沙发上摆放柔软精致的抱枕，茶几上再放些装饰物，比如书本、相片或绿色植物。如果遇到特殊日子，可在花瓶里准备些鲜花。

金黄色的墙面如同阳光一般温暖人心。灯光与烛光交结在一起，汇集成华丽的色彩篇章。

两根立柱挑高了平凡的空间。

巨大的地图扩展了这间窄小房屋的视觉空间。

少量的大件家具让客厅干净整洁，尽显居家的休闲与内敛。

巧思量大收获
Food for thought...

　　如果你打算在车库内增建一间房间，首先需要得到当地政府的批准。城市规划的管理办法可能与你的想法有冲突，不过很多地区还是会下发许可证的。但是，你需要遵守相关的规定，比如不能破坏车库原有的外观，提供足够的街边停车位，在车库内增建房间的消防规定等等。大多数情况下，相关规定会要求你为房间预留两个出口，并在车库与房屋之间建立一道防火隔层。

空闲的角落刚好适合摆放一张相框式屏风。

书档似的一对落地灯与扶椅的组合，让房间的布局显得协调又整齐。

必要的时候，雪橇床也可兼作舒适的沙发，而茶几柜的抽屉也可用来存放床单等物品。

车库顶加盖的独立房间适合儿孙们或年长的双亲长期居住使用。

独自生活
Living out Back

 房间背景

墙面和脚线的颜色： 白色。

窗帘： 活动百叶窗。

地面处理： 普通油漆的木地板，编织地毯。

灯具： 天花板射灯。

2 家具

座椅： 雪撬床，软垫扶椅，餐桌椅。

桌子： 茶几，玻璃餐桌。

储物： 茶几柜。

3 装饰

情调灯饰： 落地灯，祈祷蜡烛。

个人生活用品： 雪撬床上的抱枕。

养眼饰品： 墙角的相框式屏风，玻璃花瓶中的鲜花，瓷茶具。

房间的墙面、天花板和地板都做白色处理。天花板上安装头顶射灯，窗户安装白色木制或金属的活动百叶窗和床沿帷幔。地面中央摆放一块大的编织地毯供布置座椅用。

在房间中央的地毯上摆放一张低矮的茶几柜，位置刚好处于天花板射灯的正下方。茶几柜的抽屉面向房间门口，这样雪撬床和背景墙的组合就成为屋中最大的亮点。雪撬床放在茶几柜的身后并且居中，两件家具之间留出约45~60cm的走道即可。两把软垫扶椅面对面呈对角方式摆放。利用门口剩余的空间摆设餐桌和餐椅，最后在扶椅边上再挤进一张实用的圆形小茶几。

装饰品的布置。空闲的房间角落里可摆放一张塞满照片的相框式落地屏风，与旁边的扶椅一同构成了一处僻静的角落。床的两侧各竖起一盏落地灯，柔软的抱枕和靠垫为床铺增添了蓬松的舒适感。如有来客小住，可为客人在玻璃花瓶中摆放自家花园的鲜花，以示欢迎。茶几柜的抽屉可以用来储放床单、祈祷蜡烛以及各种客人所需物品，以备不时之需。

餐厅
Dining rooms

本案的装饰风格体现了现代与传统的结合，同时又加入了少许浪漫的情调。然后以轮廓分明的旧家具或饰品装饰房间，这样，赏心悦目的美式餐厅就呈现在你眼前了。

阳光普照
Saffron Sunshine

不论与哪位客人一起聚餐或菜色如何，你都值得拥有一处符合自己装饰品位和生活方式的就餐环境。你可以从本章中寻找灵感，重新装扮家中的餐厅。本章第一部分是讲述如何运用装饰的三元素，将背景墙、家具和装饰品进行巧妙搭配，把阳光灿烂的室内阁楼改造成餐厅；第二部分展示的是风格多样的精美餐厅装饰。来看看哪一款更适合你的装饰口味吧。

 房间背景

墙面颜色：深黄，中黄，浅黄。
窗帘和隔断：透明的白色薄纱窗帘。
地面处理：地板油漆，编织地毯。
灯具：门厅墙灯。

2 家具

桌子：约70cm×80cm的实心门板外加手工自制桌腿。
座椅：金属腿的柳条椅。
储物：金属面包架，小型壁挂抽屉柜。

3 装饰

情调灯饰：吊式蜡台。
餐具：玻璃，陶瓷和金属餐具。
个人小物件：破旧的加油站数字牌，花园采摘的鲜花。

透明的薄纱窗帘挂在天花板上，一直垂到地面，为房间分隔出备餐区与用餐区。浪漫的飘逸感正好弥补了房间所缺乏的层次感。

宽大的白色边框为黄色的墙面勾勒出装饰镶边。水平的线条则为房间带来些许的轻松感。

垂直排列的玻璃壁灯可为门厅提供照明，又可以成为巧妙的艺术装饰。白色地面上的长地毯不但为餐厅带来彩色的装饰，也让脚下的灰尘远离餐厅。

淡黄的地板从视觉上将地面升高并与墙面融合，中央的黄色区域作为布置餐厅桌椅的空间。

1

房间背景

当你的墙面与脚线需要不时地带来新意时，白色是普遍采用的风格，而这面背景墙的色调就如同白色的面包粉，纯白无瑕。如果你选定某一种白色的涂料，那么房间里应该全部使用这一种颜色，方便随时修补墙面。脚线需要光滑高亮度的漆面，而墙面则可以处理成显孔亚光的表面。

为墙面涂刷色块，首先准备一卷约5cm宽的油漆胶带、水平仪、尺子和铅笔。然后在各个墙角、走廊、天花线和脚线的位置画出约15cm的宽边，将其余的墙面等分三份，大色块之间均留有约5cm的宽边。用胶带覆盖这约5cm的宽边，然后将墙面刷成自己喜欢的颜色，最后取走胶带即可。

地面的处理和墙面基本上是异曲同工，唯一的区别是在油漆中央区域前，为四周预留约45cm或60cm的宽边。

将窗帘杆固定在天花板上而不是窗户上沿，然后将窗帘挂好。固定窗帘杆时最好使用固定螺钉可以增加稳定性。

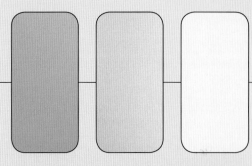

色卡：为了完成墙面的色块效果，需要仔细挑选店里的色卡，将最吸引你的色系确定为基调色彩，然后在色卡上的同色系里选择三种色调相连的颜色。这种方法适用于所有需要色彩喷涂方案的家居。

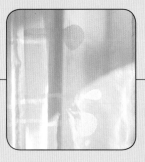

窗帘：房间里长长的薄纱窗帘几乎垂至地面。也就是说，如果天花板高约2.5m，那么需要约2.4m长的窗帘。窗帘杆周围大约要消耗约8cm长的布料，同时窗帘与地面相距约8cm。因此，你需要准确地测量墙面的高度后再确定购买窗帘的尺寸。如果喜欢的话，也可以考虑使用手工缝制的现成窗帘。

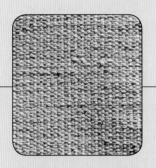

地毯：门厅长条地毯的颜色应与墙面近似，房间中央地毯式的大色块比墙面略微深一些最佳。你可以请油漆店的工人帮忙调配出坚固耐磨的地面油漆，尽量避免直接使用黄色的木器清漆。

2

除非是野餐，否则你依然需要桌椅和储物家具来分享美食的乐趣。经过这些必要的家具装扮餐厅空间后，立刻为这里平添了整洁、时尚与奢华的感觉。即使房间里都是简易的家具，只要拥有整洁的就餐环境也会令人心满意足，因为享用美食才是在这里的焦点环节。

纯手工制作的餐桌，需要一张约80cm×200cm的实心木门，一条约50cm长，2cm×2cm的松木条，8颗长螺钉和一桶耐磨、防水的地面油漆。将松木条裁切成4条约70cm长的桌腿备用，再切2条约60cm长的木条作短边横木，2条约100cm长的木条作长边横木。准备好材料后，我们开始组装桌腿，先将2条短边横木固定在距桌腿上沿约15cm的位置，以同样的高度固定2条长边横木，然后为门板和桌腿刷漆。待油漆晾干后，将门板放在四个桌腿上面，调整至居中的位置固定好，两侧长边各留出约4cm的距离。

两副小型抽屉柜肩并肩地挂在墙上，变成了迷你餐具柜，银箔包裹着的柜面闪闪发光。

如果你需要容纳至少6个人前来就餐，那么最佳的选择是采用折叠桌，因为它可以随时扩展餐面的空间。

轻便的藤椅是休闲的信号，软垫椅则更适合正式场合。为避免将地面划伤，你可以在桌腿下面铺上毡垫或装上滑动轮。

纱帘后面的面包架若隐若现，这既是餐厅里的备餐台，也可供调酒或储放餐具。其上的玻璃搁板衬托出轻盈优美的架身。

另类选择：
1张门板+4条桌腿＝餐桌
Substitution 1 Door+4 Leg=Table

除了自制桌腿外，你也可以直接购买带有固定装置的桌腿，然后将实心门板固定在其上。这些桌腿在某些DIY家居店有售，或者你可以登陆www.tablelegsonline.com挑选更多款式的桌腿。选择制作餐桌的门板时，通常需要选择略窄的门板，大约80cm宽即可，这样的门板可避免让你的餐桌显得过于笨拙或落伍。

窗帘环可兼作餐巾扣，又可巧放座位卡。

小壁柜上的烛台让房间光彩夺目。

单独一盏吊灯通常没有什么视觉冲击力，而几盏吊灯组合在一起便有了轰动的效果。

抽屉里摆放了不同颜色的餐巾，黑色的餐巾用于正式场合，而色彩明快的餐巾能够营造出轻松愉快的就餐环境。

3

个性与品位体现在兼具实用与装饰功能的小物品上，它们满足了人们对美感的追求，又表达了主人的处世态度。

电脑打印的座位卡印上了客人的名字，卡片的尺寸一般与名片一样大小。将座位卡裁剪好后送到影印店封膜，或者自己动手封膜。用剪刀将封好的座位卡修剪整齐，留出约0.5cm的塑料边。为座位卡套上窗帘环，再将卷好的餐巾穿进扣环。

创造一个连体吊灯。房间内的蜡烛吊灯包括了一盏珠状的烛台和两盏玻璃花瓶式的烛灯。为三盏吊灯挑选一只精致的挂链，然后穿过吊钩，稳稳地挂在餐桌正上方的天花板上。两盏花瓶灯里可放些水和浮蜡来增加情调。

为迷你餐具柜贴银箔，需要准备的有：金箔胶，一叠约15cm²的银箔（共25张），一把软毛长刷。这些工具和材料可以在工艺品店里买到。首先将抽屉取出，把柜子的外立面和柜子的边缘刷一遍黑色油漆，油漆晾干需要48h。根据说明书将银箔分别贴在抽屉正面、柜子的侧面和顶部。

小贴示：贴银箔时，请在手指与银箔之间垫上一层蜡纸，防止银箔粘在手上。

破旧的金属数字牌为充满现代感的房间里带来激情，所以说画龙点睛的装饰品总能赋予房间无穷的魅力。

巧思量大收获
Food for thought...

常常用来款待客人的餐厅当然需要绝佳的灯光。只在天花板挂一组吊灯的装饰方法已经老掉牙了，不如选择多样化的灯饰来满足实用与装饰的不同需求。例如，在一盏吊灯周围搭配几盏内置灯，不仅能够衬托艺术装饰品，活跃用餐气氛，更能让家中四壁生辉。与此同时，一面宽大的镜子也可以创造更明亮、更广阔的室内空间。

蕾丝纱帘搭配白色窗帘夹和木制窗帘杆，再换上一块花边桌布就与窗帘的装饰效果更加呼应了。

色调温和的墙面包围着亮白的木制品，构成轻盈明快的房间格调。

飘逸的棉质蕾丝纱帘随风摆动，缕缕的阳光穿透纱帘投射进房间。

烛台般的壁灯点缀出浪漫的晚宴。

餐具柜背板上的镜子折射出隔壁的房间，扩展了餐厅的空间。

优雅的藤椅提供了舒适且与众不同的质地感受，与平坦的墙面和华丽的酒杯形成鲜明的对比。

如果你打算装饰一间正统风格的餐厅，圆桌和藤椅是最好的装饰选择。

阳光餐厅
Dining Light

1 房间背景

脚线和窗框的颜色：亮白色。

墙面颜色：浅褐色，黄褐色，灰褐色。

窗帘：蕾丝薄纱帘，白色窗帘杆。

地面：木地板，亚洲风格的餐厅地毯。

2 家具

餐桌：曲线桌脚的圆形玻璃餐厅。

椅子：曲线扶手的编织藤椅。

储物：餐具柜。

3 装饰

情调灯饰：墙灯，自然光线。

餐具：花瓷盘，玫瑰色的玻璃酒杯。

精致小饰品：蕾丝边餐巾，镜子，鲜花，玻璃花瓶。

老物件：银质托盘，古董钟。

把固定式餐具柜和窗帘杆，全部刷成亮白色，包括房间中所有的线板和木框。完成后，窗框、窗帘杆、门框和家具就成为房间中的"骨架"，换句话说，就是房间装饰的基本构架。为了使房间有血有肉，墙面选用朴素的中性色涂料，既与木框的颜色形成鲜明的对比，又不过分喧宾夺主。窗上的蕾丝窗帘精致婉约，地上的古典地毯勾勒出餐厅的范围，也为这间白色主题风格的房间带来了色彩和质地的变化。

餐厅中央布置了一张圆形餐桌和几把藤椅。如有需要，圆形的餐桌可随时增加就餐的座位。桌子的摆放位于餐厅的中间，不仅能腾出大量的周边空间，也为椅子留有足够的伸腿空间。巧合的是，灯具的位置正好处于天花板的正中央，所以可直接将餐桌摆放在灯具正下方，这也是放之四海而皆准的家具布置解决方案。

餐具选用优雅漂亮的花瓷瓶、瓷盘和瓷杯。玫瑰色的水晶高脚杯、白色餐巾和银质饰品活跃了餐厅内的气氛。添加一两件深色的装饰品（比如这只古董钟），就能为房间增加一些色彩上的跳跃。在餐具柜的背板上安装一面斜边玻璃，用从家居卖场里选购的白色木条或玻璃夹把它们固定好。

三盏吊灯悬于传统的长方形餐桌上方能营造出轻松的就餐环境，2盏、4盏或更多的吊灯则适合正式的社交场合。

现代感十足的餐厅透过光滑的复合地板衬托出房间的华丽。

布置餐桌讲究简约实用，方盘圆碗是最佳组合，与红色的餐巾整齐划一地摆放好。

旧式餐桌与现代感的座椅是一种充满想象力的搭配，殊不知已经彼此相伴了数十载，来探探究竟吧。

现代混搭
Modern Mix

 房间背景

墙面和木框颜色： 暖色调。
地面： 普通木地板或实木复合地板。
灯具： 条纹吊灯。

2 家具

餐桌： 出自20世纪40年代设计师海伍德·韦克菲尔德 (Heywood—Wakefield) 手笔的加长餐桌。
餐椅： 出自设计师择苏斯·嘉斯卡 (Jesus Gasca) 手笔的现代座椅。
储物： 木制推车，连壁搁板。

3 装饰

工艺品： 带画框的海报招贴或放大的照片，搁板上的浅色装饰品。
餐具： 暗色桌垫，亮色餐具，玻璃高脚杯。
天然装饰： 新鲜插花。

用一种色彩。为使墙面和窗框融为一体，整体色调应保持完全一致。浅色调或白色调会产生空旷感，适合安静的背景墙（将家具想象成美术馆里白色墙壁前的雕像）。银装素裹的窗户从不抢眼，却为餐厅提供了充足的阳光。地面的材料是实木复合地板。天花板上挂着三盏吊灯，加装灯光衰减器后，餐厅的情调突然由天马行空的自由转变为亲密无间的聚会。

20世纪40年代期间的餐具与曲线的现代座椅搭配，沿着房间的走向居中摆放，刚好位于餐厅的吊灯下方。为了能够尽情地欣赏古老的餐桌中所蕴含的优雅气质，桌子加长的部分也要布置好。餐桌边的木制小推车用来备餐，也方便在厨房与餐厅间搬运食品或脏盘子。墙面上安放一组三层浅色调的展板，用来摆放同色调的装饰品。

小贴示：深色的物品在浅色的展架或墙面衬托下非常引人注目。白色装饰品与白色墙面和谐统一，更能衬托出华丽精致的展品。

白色的餐盘与暗色的餐桌垫形成鲜明的对比。四四方方的餐具与餐桌垫层层叠放在长方形的餐桌两侧，为气氛融洽的现代晚宴做好充分的准备。墙面的艺术画则是餐厅的最大亮点。

三个门楣摇身变为瓷盘托架，与隔断墙一起组合成一套碗柜，通透高挑的餐厅，就餐者可尽情享用这简约主义的视觉盛宴。

旧门楣制作成高挑的展示架，全新的设计思路为餐厅增添了多变的结构和储物空间。全面改造过的隔断构成了舒适的开放餐厅。

重复排列的白色瓷盘绝对吸引眼球，当然它们不光是摆设，也可以拿下来使用。

简约别致的风格其实就是廉价的材料加上心思缜密的设计，经济实惠的仿制品是名师名作的最佳替代品。

展架上的木槽，是用刨槽机在木板的表面刨成的，这个木槽可以防止瓷盘从架子上滑落 。

三个门楣摇身变为瓷盘托架，与隔断墙一起组合成一套碗柜，通过高挑的餐厅，就餐者可尽情享用这简约主义的视觉盛宴。

醒目的盘子
Bold Plated

1 房间背景

墙面颜色： 依个人爱好自选。
原有的结构装饰： 工业排风管，隔断墙体。
增加的结构装饰： 门楣展架。
灯具： 窗灯，吊灯。

2 家具

餐桌： 旧式折叠桌。
座椅： 拉丝金属椅。
储物： 门楣展架。

3 装饰

餐具： 白色瓷盘，玻璃杯，旧式水果盘。
织物： 凸纹桌布，斑点花纹餐巾。
天然装饰： 鲜花，水果。

涂料、木料和隔断墙是本案中的基础材料。首先，依个人风格与颜色喜好粉刷餐厅的墙面。制作瓷盘展架前，用那些曾经被丢弃的门楣，或是到旧货市场挑选二手门楣，再或者去建材市场按自己的要求定制。全长约90cm的展架由长宽比例为1:6的无节松木板做支撑板，支撑板上方的瓷盘架使用的是长宽比例为1:3的开槽木板。支撑板紧靠墙面，展架则居中摆放在支撑板上面。用木楔和定位木条固定支撑板（可以使用斜切锯裁切定位木条，然后用胶水和钉子固定好），接着为展架刷一遍底漆和两遍白色亮光漆。在支撑板的正面打几个螺钉孔，距木板的两侧边缘约4cm。用螺钉将展板固定在墙面，每块展板之间留有约30cm的间距。最后用木钮扣（家居建材城的配件区有售）装饰螺钉孔，展板看起来漂亮整洁。

桌椅面向展架摆放成一个大致的正方形，不需要摆出任何角度。根据房间的整体装饰，我们选择金属座椅搭配屋中旧物，以保持风格一致（灵感来源于头顶的金属排风管）。

白色瓷盘既用作餐具，又可作为装饰。展架上摆放的瓷盘成为屋中亮点，而桌上的瓷盘可供盛放各种美味佳肴。白色的凸纹桌布是简约风格的延伸，另外，可利用成套的餐巾和花瓶中的鲜花为餐厅添加多样化的色彩与质感。

巧思量大收获
Food for thought...

装饰中花小钱办大事的巧门：

（1）把钱花在油漆房间上，这种实惠的方法通常可以为房间带来惊人的变化。

（2）闲置物品大淘宝。经常光顾家居装饰品店、旧货市场和网店，可以淘到物美价廉的好东西。如果你正好碰上一件心仪的物品，请马上行动，没准这件东西就能在家里某处派上大用场。如果等过后再想买的时候，恐怕就淘不到了。不要介意小磕小碰的家具。首先这样的家具能够为你省下不少钱，其次你肯定更喜欢略微破旧的家具，因为根本不用担心再次用坏它。

镜中倒映着优雅的餐厅环境，为这里增添了迷人的魅力。

通过光线调节器（非常廉价），吊灯总能营造出取悦人心的舒适光线。

大红的墙面能够活跃话题，振奋精神，餐厅因此变得浪漫气息十足。红色，另一个为人所熟知的功能是能让你胃口大开。

所谓"烧烤灯笼椒"一样的色彩，就是指火焰般的红色，其效果来自于涂料在阴影下呈现的色彩。餐厅火红的色调将极大地刺激客人的食欲。

普罗旺斯咖啡馆
Cafe Provence

 1 房间背景

墙面颜色： 暖红色。

地面： 木地板，织锦地毯。

灯具： 吊灯。

2 家具

餐桌： 带有裂纹效果的旧式餐桌。

椅子： 法式曲背椅。

储物： 旧式餐具框。

3 装饰

情调灯饰： 高台柱蜡。

餐具： 花瓷杯，织锦桌布。

法式咖啡馆装饰品： 大公鸡像，托盘。

自然装饰品： 花瓶中的鲜花。

餐厅的焦点是这面暖红色调的墙，你可以用一盏精致的吊灯替换原来普通的灯具，如果你经常光顾家居市场，就可以轻易地为餐厅的地面挑选到一款满意的织锦地毯。

如何为普通的餐桌添加裂纹效果。首先，使用特殊配方的裂纹剂（工艺品商店有售）涂在桌子的底漆上，待裂纹剂凝固后，再涂上一层色彩反差强烈的油漆。裂纹剂会使最外层的漆面龟裂并脱落，同时最底层的漆面会慢慢显露出来。本案中先以深褐色的油漆涂刷桌子作为底漆，再涂上裂纹剂（请按说明操作），最后涂上一层米色的油漆。为了获得古典法式装饰风格，用黑白格相间的布料为餐椅重新布置坐垫。先将坐垫从椅子上拆下，然后为坐垫重新包裹好布料，最后用钉枪将布料边缘钉在椅子背面。你也可以搬进一套餐具柜，用来储放餐巾桌布。

普罗旺斯的风格就是一种组合的风格，比如餐厅里的公鸡像，烛台上的大号柱蜡与插满鲜花的仿旧花瓶（实际上是崭新的花瓶）。餐厅里挂上一面大镜子，还可以折射出餐桌边友人们的笑脸。

这间餐厅拥有最优雅的风格和血统纯正的家具，房间里的古典家具摆脱了传统束缚，换上了轻盈活泼的中性色。

魅力之桌
Table de Charme

1 房间背景

墙面和脚线颜色： 白色。
窗帘： 白色木制百叶窗。
地面： 亮色油漆地板。
灯具： 铁制吊灯，带有旋涡式的设计。

2 家具

餐桌： 新古典主义式的桌脚，玻璃桌面。
椅子： 矮脚软垫椅，白色褶皱座套。
储物： 仿旧的角柜。

3 装饰

情调灯饰： 蜡烛，角柜里的射灯。
餐具： 青花瓷器，琢花玻璃器皿。
老物件： 瓷盘，水晶烛台，油画。
精致小饰品： 鲜花，白色桌布，玻璃挂珠。

粉刷。墙面、天花板、脚线和天花线、窗框、房间门和地面全部采用干净明亮的油漆颜色，形成了四面落白的背景墙。墙面和天花板可以处理成亚光或显孔亚光的漆面效果，各处的木框、脚线同样使用白色的半亚光油漆。地面铺设实木地板，再使用易于清洁的亮面地板漆。选购油漆时，请向厂商咨询，针对不同的房间该如何使用不同的油漆。吊灯固定在餐桌区域的正上方。

注意：摆设桌子最佳的位置就是尽量靠近墙面，并远离房间的门口，这样就不会妨碍人们在餐桌边自由走动。同时要为座椅留有舒适的座位空间和活动空间（一般要在座椅后方留出至少约6cm的空间）。

现在可以将家具搬进这洁白的房间角落。餐桌摆放在吊灯的正下方，而柜子放在桌边的角落里。软垫椅套上宽松的白色座罩，座椅背面的褶皱设计略带正式感。

角柜的射灯安装在每层搁板的下方。柜里的瓷器在灯光照耀下出尽风头，房间里也变得闪闪发光。墙上的椭圆形与圆形的瓷盘组合，再搭配长方形的工艺品，欢快的布局令人为之侧目。将缀珠挂饰缠绕在吊灯臂上，再系上玻璃泪珠饰品。餐桌上的摆设包括白色的棉质蕾丝桌布、青花瓷餐具和水晶烛台。

高高的角柜偏安在墙角，为房间陡增尊贵与魅力。

房间中有过多的直线条，如墙壁线脚、油画框、方方正正的角框等，但圆形与椭圆形瓷盘的出现打破了一统天下的直线条。

座椅背面的褶皱设计简洁而活泼，又不失休闲的气氛。

明亮的白色漆面地板从视觉上扩展了室内空间。

另类选择：椅子套
Substitution:Slipcovers

本图中所示的可漂洗的白色棉布罩很方便打理。如果你喜欢暖色调，那就换一套更为舒适的座罩吧，没准印花布罩也很适合你。自己动手裁剪能够获得独一无二的效果，你可以参照布艺店内的设计或购物网上有关座罩的款式。

褶状的纱帘构成了一堵玻璃墙，环绕着优雅诱人且光线充足的餐厅。

阔叶的绿色植物以其不拘一格的外观，抵消了死板的家具线条。虽然绿色植物大多用来当作普通的装饰物，但有时也会起到画龙点睛的作用。

薄纱窗帘代替门上的木百叶板。首先为每张纱帘的两端做出约5cm宽的卷边，再为纱帘抽褶，并让钉木横穿卷边，最后将钉木卡入开口的螺钉，纱帘紧绷的效果就完成了。

木头、藤条和玻璃等材料的混搭，为餐厅营造出眼花缭乱的质地感。

修长的窗帘是这间餐厅的主要装饰元素。双褶玻璃门依偎着飘窗将餐厅团团包围。这样的装饰风格适用于白天宴请。

鸳鸯茶
Two for Tea

房间背景

墙面颜色： 象牙白。

窗帘： 白色薄纱帘，三褶玻璃门墙。

地面： 实木地板，剑麻地毯。

② 家具

餐桌： 方形玻璃台面餐桌。

椅子： 木脚编织藤椅。

③ 装饰

情调灯饰： 自然光线。

餐具： 餐桌中央的白瓷碗。

天然装饰物： 绿色植物，新鲜水果，亮绿色的瓷花盆。

填补飘窗的空白。我们将在折扣店挑选的纱帘挂到飘窗区的拉杆上，接下来利用褶状的纱帘在飘窗两侧制作两面玻璃墙，以达到加长飘窗的目的。需要准备的材料如下：三套带有百叶窗的双褶玻璃门，一副荷叶，三根直径约0.5cm，长约90cm的钉木，24颗羊眼螺钉。首先将其中一套双褶玻璃门一分而二。然后利用荷叶，将落单的玻璃门分别与另两套双褶门连接起来，连接要认真仔细，才能自如地折叠和收缩玻璃门。撬开所有门框的上沿，将所有的百叶板抽出。用木材修补腻子填平百叶板遗留下的凹槽，待填充物晾干后打磨平整。将所有的门框上沿复原，刷一遍油漆。然后用钉木裁出12根窗帘杆，比窗框的实际宽度短约1cm。将铜质羊眼螺钉安装在窗框的上沿和下沿，每个螺钉间相隔约2cm。为了利用螺钉内环卡住钉木，用老虎钳为螺钉开个口子。最后将钉木卡好，为透明的纱帘抽褶。

选用一对款式相同的餐椅搭配小型餐桌已经足够两个人使用了。搭配餐桌和椅子的时候，最好选择风格反差强烈的款式。本案中，我们选用了一对乡村风格的编织藤椅和一张光滑的玻璃台面木质餐桌。两套双褶玻璃门紧紧依偎着飘窗，将餐桌椅围绕在中间。

继续为餐厅添加单色调的天然装饰物。比如绿色植物或盆景，外加装满青苹果的大碗，装饰宁静安详的空间就是需要这些平常又价廉的装饰元素。

印花布料、鲜艳的餐具、盆栽植物和墙上的油画，将屋外阳光灿烂的花园直接搬进了餐厅。

庭院派对
Garden Party

1 房间背景

墙面和脚线，木框的颜色：乳白色。
窗帘：复古的打褶印花窗帘。
地面：普通木铺板或复合地板。
灯具：吊灯。

2 家具

餐桌：白色乡村风格的餐厅，附带做旧的效果。
椅子：绿色藤椅，布艺坐垫。
储物：床头几。

3 装饰

餐具：色彩鲜艳的瓷盘，玻璃器皿，印花桌布。
天然装饰物：印花靠枕，花卉油画，印花灯罩。
精致装饰物：旧式餐具，不锈钢窗帘杆。

背景墙面选择乳白色的涂料，各种木框脚线均以半亚光漆面处理，墙面以亚光或显孔亚光的漆面处理。印花窗帘新旧均可，利用扣环将印花窗帘挂在不锈钢杆上。通常家里的地毯需要蒸汽清洗，因此不如木地板容易打理。如果过去的餐厅使用地毯，可以考虑改用复合木地板，自行安装或请专业工人安装均可，这种地板在建材城有售。

餐桌摆放在吊灯正下方，桌子周围再布置几把藤椅，无论新旧均可。这间窄小的餐厅里还需要一点储物空间，于是我们可以在餐桌边摆一张床头几备用。

餐桌上铺了一张旧的印花窗帘，虽略显特立独行，但却与房间整体风格相吻合。椅子上的坐垫与靠背都采用印花布料（如果是不同的图案设计，请保持整体色调一致）。床头几可用来堆放餐巾桌布，餐桌周围摆上几盆绿色植物，为房间增添了几分户外的气息。色彩鲜艳的别致餐具是从跳蚤市场里淘宝而来。现在开始制作吊灯的灯罩，你可购买一套带有不干胶工具且外观平整的灯罩，自己动手改装灯罩。先按照不干胶的尺寸从印花布上剪些碎布料，然后将碎布料粘在灯罩上即可。

金属遮阳篷
不但能为屋子遮风
避雨，还收获了一
份意外的惊喜：当
雨点不断地敲击金
属顶时，那种感觉
仿佛让人置身于大
自然中。

自制的新灯罩和水晶挂饰让旧
吊灯重新焕发青春。

油画中的
向日葵体现了
这间餐厅的花
园装饰主题。

旧冰箱可以改装
成厨房的展架或储藏
间。先将冰箱的上
门拆走，然后用印
花的搁架垫和毛巾
装饰冰箱。为了给
冰箱内部增添些色
彩，可以再摆放些
野餐用的餐具。

墙边的活动翻板桌作为备餐台。如果多于8人用餐，可将这张折叠小桌拉出，用来加长大餐桌。

仿古的铁质枝形吊灯配上水晶装饰挂件体现了高雅与质朴的田园生活。

黑色的窗框与家具线条分明。

这件尺寸适中的旧式木盆表达了人们对远古时代的追忆。

宽敞的餐厅搭配宽大的宴会餐桌，适合大型宴请，因此，约5m高的天花板不再显得高不可攀，餐桌成熟稳重的色调可以将人们的视线又拉回地面。

天花板高挑的房间或那种未被隔开的宽敞空间，都适合摆设大尺寸的家具，满满当当的家具布置让屋内的空旷感消失殆尽。

宴会大厅
Banquet Hall

1 房间背景

墙面颜色： 天然黄色的砖块墙。
窗帘： 白色纱帘。
地面： 木铺板，大块地毯。
灯具： 枝形吊灯。

2 家具

餐桌： 大型木质餐桌，长方形。
椅子： 曲背木椅。
储物： 折叠小桌，玻璃门带有铅条镶嵌的高脚柜。

3 装饰

情调灯饰： 锥形细蜡，银质蜡台。
餐具： 仿古餐具，水晶器皿，银器，瓷器。
欧式装饰物： 大木盘，银茶具，座钟，瓷花瓶，画框，织锦长毯。

　　黑色的窗框在这间大屋中显得格外突出，与天然色的砖墙形成鲜明的对比。如果你的家中不是砖墙，可以将墙面刷成托斯卡纳黄。吊灯挂在餐厅的正上方，与餐桌构成了房间中的亮点。对于没有隔断的空间来说，这是最富于想象力的处理方法。餐桌的下面铺上一张大块的地毯，可将就餐区与其他空间清楚地区分开，这样的布置对于空旷的房间是必不可少的。然后在窗户的上沿挂上白色薄纱窗帘，金属扣带将飘逸的窗帘下摆自然绑好，屋内立刻阳光灿烂。

　　吊灯下的餐桌和椅子居中摆放在地毯上面，高高的橱柜紧贴墙面放在窗口边。为了平衡高脚柜的高度和体积，我们在窗户的另一侧摆放了一张折叠小桌，小桌的上方再配上一幅艺术画。

　　在桌面摆放一块织锦长毯，顺着桌子的走向铺设。将木盘置于桌面毯上，作为餐桌中央的装饰品，你可以在盘内放些装饰物或者干脆空着。把高脚柜里布置些旧的水晶器皿、瓷器和银器，用作装饰（这些物美价廉的东西可以在旧货店里找到）。最后在柜顶摆放一个座钟或木质托盘。

厨房
Kitchens

厨房是家中最具活力的空间，也是房间装饰的重中之重，在这里，主人将需要考虑那些用来烹制和品尝美味佳肴的炊具、餐具的位置摆放。本章将向你介绍如何让简单实用的厨房用品焕发出内在的潜力，以便装饰出不同风格的厨房，同时还会向你示范如何美观高效地储放这些物品。当然作为家中烹饪、聚会、用餐以及人与人交流沟通的多功能场所，我们还会教你如何将杂乱无章的厨房拒之门外，取而代之的是一间整洁干净又明亮的厨房。

一间很棒的咖啡馆除了提供你最爱的咖啡外，还有舒适的座位和热情的服务，另外用粉笔和黑板书写的菜单也是这里最大的特色。这间厨房的设计就好像把咖啡馆直接搬回家一样，其装饰风格完全参照了咖啡馆的装饰。那么让我们来看看如何将你的厨房打造成一间颇具咖啡屋风格的厨房吧。

家中的咖啡屋
Coffeehouse Blend

1 房间背景

墙面，木框和大门的颜色：淡黄色，褐色，米白色，冷绿色，黑板墙漆。
窗帘：金属百叶窗。
地面：白橡木复合地板。

2 家具

固定家具：标准尺寸的落地橱柜，酒红色的台面和吧台，铝合金悬挂架。
移动家具：吧台椅，操作台下的锅架，备餐托盘。

3 装饰

照明灯具：不锈钢吊灯。
炊具和餐具：不锈钢玻璃罐，平底锅，托盘，菜谱和盘子架白色瓷盘，玻璃杯。
装饰品：黑白格的餐巾，挂钟，艺术画，鲜花。

白色部分的墙面与天花板相连，从视觉上挑高了房间的空间感。

条状的色块将一面大黑板夹在中间，为这片忙忙碌碌的空间增添了交流互动的平台。

浅色的墙面与浅色的地板衬托出上部深色的墙面，使房间的色彩组合平衡和谐。

相对于实木地板，复合地板具有价廉物美、便于安装并且特别易于保养的优点。不过，复合地板虽然极为耐用、防污，但有时也会被划伤，不要总是那么大意。

1

房间背景

在大多数厨房里，可以将固定的橱柜视为背景装饰的一部分。为了将橱柜融入背景墙，在开始装修前，可以重新为橱柜粉刷一遍涂料，或者更换柜门和台面。如果你想保留橱柜，那么请选择合适的颜色搭配。为了翻新本图所示的橱柜，我们将所有的上层橱柜拆除，安装了新的台面，并且将其涂装成与墙面一致的颜色，形成了条状色带，看起来非常流畅。

为了获得一种设计出来的背景效果，我们首先用铅笔在墙面上划出两条标记线，一条线位于天花板下方约60cm处，另一条线位于地面上方约90cm处，刚好低于橱柜的台面。利用水平仪保证标记线的水平。然后确定黑板的位置，再标出垂直门框的位置。用胶带挡住中间部分，将墙面的上半部分以米白色的油漆刷出显孔亚光的效果。利用同样的方法，将墙面的下半部分以浅黄色的油漆刷出显孔亚光的效果，再用半亚光的浅黄色油漆粉刷所有的木框脚线。油漆晾干后，用胶带挡住柜门，为橱柜的台面刷上半亚光的棕褐色油漆。揭开胶带，等24h油漆晾干。最后再用胶带挡住上半部分和下半部分的墙线，用冷绿色的涂料粉刷中间部分的墙面。

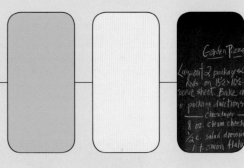

墙面： 在搭配涂料颜色时应仔细观察色卡，色卡的用途是辅助你挑选和搭配不同的颜色。你可以在美术用品商店买到黑板漆、粉笔和板擦。

小贴示：为了防止在新黑板上第一次书写后留下不易擦掉的痕迹，使用黑板前，你可以用粉笔的侧面为整面黑板涂上笔粉，然后用抹布擦干净即可。

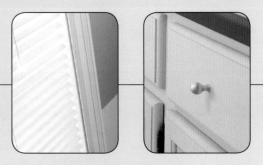

窗帘和碗柜： 铝合金或金属叶片的室内百叶窗同样符合房间简单实用的风格。为保持百叶窗的整洁，我们用软毛吸尘掸子清洁，当然最好要经常打扫，以免尘土堆积过厚不易清理。厨房的台面可以在家居中心根据样品选购和订制，然后由专业工人安装到位。旧的抽屉把手可以用拉丝镍或银色把手替换。

地板： 家装店或地板店有多种颜色的复合地板可供选择，这种地板可自行安装，当然也可以请商店的专业工人帮忙安装。

家具

选购和使用餐馆风格的家具充满了无穷的乐趣。你虽然是坐在家中的厨房吃饭，却有在节日气氛中外出用餐的感觉，没准这会让你悟出一道新的菜肴。家附近的建材城里可以找到销售餐厅家具的店铺。在这里你可以购买到操作台、备餐盘、支架、餐桌和餐椅，同时也能买到本文中的装饰配件、瓷盘、玻璃杯、厨师用的大锅、平底锅等各种各样的烹饪器具。吧台凳或吧台椅可在你经常光顾的家具店中选购。橱柜上方安装一条细长的木制搁板，木板下面安装铝合金或不锈钢的悬挂架用来存放和展示物品。

当你订购新的厨房台面时可以再订购一块小尺寸的台面作为吧台的台面（右图）。台面的具体尺寸约为70cm×120cm，并用5.08cm×5.08cm的木条制作一根约1m长的桌腿（以木块和螺钉固定在吧台桌底）。吧台桌是通过桌面侧面的轨道，用螺钉固定在墙面上的，另外，也可以使用可调节高度的不锈钢桌腿，这种桌腿自带桌底固定的配件。当然，你还可以在互联网上购买镀铬或不锈钢的吧台桌腿，或者邮购整套的组装式吧台。

所见即所得。有了开放式的储物架，常用的物品就会近在咫尺，菜谱也随手可得（详见第93页图）。

木制的操作台下面是放置大锅的位置，挂锅的大铁钩也被转移到操作台的背面。锅碗瓢盆都挂在操作台的下层，让人眼不见心为净。

餐厅级别的备餐盘和支架一物两用，可用作额外的操作空间或者茶几，不用的时候，可以折叠起来放入窄小的储物槽。

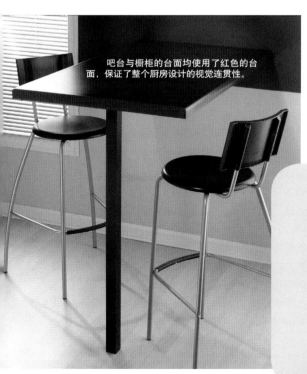

吧台与橱柜的台面均使用了红色的台面，保证了整个厨房设计的视觉连贯性。

另类选择：
享受坐垫的舒适
Substitutions: Cushioned Comfort

高脚的吧台凳不是唯一的选择。咖啡屋里有时会提供舒适的软垫椅：想象一下，柔软的扶椅或软长椅围拢在小巧的酒馆吧台边，是件多么惬意的事情！如果你的厨房里刚好有一侧空间充裕，可以放入两把舒适的扶椅和一张茶几。如果厨房空间有限，可以摆放一套小型的吧台桌椅组合或者直接从出售餐厅家具的商店里买进一张豪华舒适的吧台。

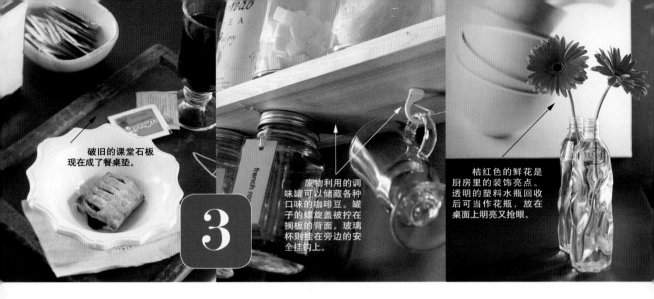

破旧的课堂石板
现在成了餐桌垫。

废物利用的调
味罐可以储藏各种
口味的咖啡豆。罐
子的螺旋盖被拧在
搁板的背面。玻璃
杯则挂在旁边的安
全挂钩上。

桔红色的鲜花是
厨房里的装饰亮点。
透明的塑料水瓶回收
后可当作花瓶，放在
桌面上明亮又抢眼。

3

这样一间厨房里，每天不离手的工具和物品就是所需的全部装饰用品。为了避免台面与搁架上的物品杂乱无章，我们应根据色彩一致、材质近似的原则，以小空间为单位分组摆放物品：透明的玻璃制品和塑料制品（储物罐、咖啡杯、玻璃杯、套碗、敞口大水瓶、咖啡壶）放在一起；不锈钢（挂钟、炖锅和煎锅、吊灯、咖啡保温瓶）、铝合金、拉丝镍和铬等金属制品归于一类；黑色与白色或黑色与褐色（瓷盘、餐巾、备餐盘）按照色系搭配组合；另外还有几束桔红色的鲜花。最后我们将其他颜色的物品和工具全部存放在橱柜里，避免视觉上的杂乱。

餐桌垫。破旧的课堂石板在古董店里有售，把它买回家用作餐桌垫。不用的时候可以把它展放在搁板上以呼应墙面的黑板装饰主题。

制作连壁搁板。我们需要准备一条约8cm宽和一条约12cm宽的松木或桦木板，木板长度根据实际空间的长度来决定（本图中的木板长约2.4m）。首先将窄板固定在宽板的一边，然后以窄板为背板，用螺钉从背板的正面将搁架整体固定在墙面，螺钉的位置要拧在墙体内部支撑柱的位置（固定前请用间柱探测器确定墙体内部支撑柱的位置）。另一侧角落里的搁板按照同样的步骤安装。

咖啡豆的储藏。这种方法以前常用在车库的工作台上，用来存放钉子、螺母、螺钉等，不过，这回我们存放的是咖啡豆（其他物品也可）。当你在超市购物时，留意那些带有漂亮螺旋盖的意大利面的酱料罐。酱料吃完后，可以将瓶子废物利用做储物罐。如果瓶盖的颜色和整体装饰色调有冲突，可以为其喷一层银色金属漆。用螺钉将瓶盖固定在搁板的背面，注意每个瓶盖间留有足够的空间，方便取放。为了让人们对存放的各类咖啡豆一目了然，可以用电脑打印纸标签做标记。裁剪好标签的大小，然后送去影印店压膜。之后用剪刀修整压好膜的标签，纸签的四周留出约1cm的塑料边。然后用打孔机为每个标签穿孔，用细线穿好。最后一步是将标签上的细线绑在瓶颈上。

艺术装饰品。我们在墙上挂一幅瓷碗主题的油画，为厨房增添一些咖啡屋的氛围。根据存放的咖啡品种，在黑板上罗列出可在自家厨房煮制的咖啡名称。吧台上方的吊灯为厨房增添了温暖的光线。

布艺灯罩装饰出乡村风味十足的吊灯，将房间的风格体现得淋漓尽致，同时烘托出华丽的拱顶天花板。

平坦的墙面上铺上几条装饰木板，既突出了乡村风格的魅力之处，又增加了几分趣味感，营造出了绝佳的视觉效果。

令主人十分得意的砖纹塑胶地板忠实地还原了乡村别墅的原始风情。当然，塑胶地板也非常便于日常清洁。

巧思量大收获
Food for thought...

　　某些品牌的油漆是专门为潮湿且温差大的厨房和卫生间设计的。通常这种油漆会比普通油漆贵一点，但绝对物有所值。厨房的墙面如果光滑平整，非常方便日常清洁；而显孔亚光或半亚光的油漆最符合你的要求，而且，这种油漆颜色不会过于明亮。

　　崭新的白色电器，橱柜台面，还有瓷砖背景墙让这间改造过的厨房再次焕发出夺目的光彩。脚下的砖纹塑胶地板足以以假乱真，突显出乡村别墅式的主题风格。

乡村别墅般厨房
Cottage Kitchen

1 房间背景

墙面，脚线和天花板线的颜色：白色。
窗框和门框：颜色与橱柜相同。
地面处理：砖纹塑胶地板。
灯具：内置灯。

2 家具

固定家具：橱柜，瓷砖台面和背墙。
移动家具：支架桌，木凳，温莎椅。

3 装饰

情调灯饰：法式枝形吊灯。
餐具：白色和黄色的瓷盘。
餐巾：黄白和红白相间的餐巾。
复古装饰品：松木盒，玻璃瓶。

　　穿一件新外套。如果你已经对某间厨房产生了视觉疲劳，那么最经济的办法就是重新为厨房刷一遍新漆。为了获得最佳的效果，开工前应做些必要的准备工作。首先，你要确定橱柜用的是哪种油漆。用抹布蘸些日用酒精擦拭橱柜内壁。如果油漆脱落，就是胶乳漆（水溶性）；如果漆面仍然保持光亮，就是醇酸树脂涂料（油性）。一般来说，你可以用油性漆覆盖水性油漆，只有某些特定的水性油漆能够附着在油性漆表面，因此在购前请看清楚标签上的说明。橱柜内的灰土和油渍要彻底清理。磷酸三钠（TSP）是一种常用的清洁剂。如果你决定更新五金件，应将原有的旧管线修补一下。用砂纸轻轻地打磨一遍旧管线，然后刷上一层底漆，这样做是为了使最终漆面的效果更好。墙面、脚线、天花板和窗架刷成白色，橱柜、门框和窗框刷成深绿色。更换室内的五金件并在厨房水盆上方的窗户上安装一幅褶皱的帷幔。

　　布置餐厅里的家具要注意为人们的行走留有足够的空间，特别是中间的餐桌旁和厨房一侧的玻璃门门口。

　　餐桌上方悬挂了一盏吊灯。为了使其更加美观，可在布艺店或工艺品店购买一套灯罩工具，并用黄色微缩花纹的布料制作装饰灯罩。为吊灯安装光线调节器，用来控制光线的强弱和灯光的气氛。再装上一根挂链，将吊灯放低，就餐环境更显舒适与惬意。用来盛放食品的平底木盒保持了厨房桌面的干净整洁，也是这里唯一的养眼装饰品。

上层的橱柜用玻璃门取代了传统的木门，使奢华的瓷具一览无余。

在夜晚或多云的日子里，水槽上方的吊灯可以提供照明。

红色的橱柜内壁，明显地反衬出玻璃门里的餐具。

圆形的柜脚置于柜门下方的踢脚空间，矩形的木垫粘在圆形柜脚上构成了独一无二的自制柜脚，让人错以为这是件可移动的家具。

自制的装饰品改变了普通固定式橱柜的模样，改造过的橱柜好像一件优雅精致的独立家具，红白相间的色彩搭配完美地诠释了瑞典式的创意。

体验瑞典风
Taste of Sweden

1 房间背景

墙面和木框的颜色： 白色。
窗帘： 红白印花短窗帘。
地面： 灰白色复合地板。

2 家具

固定式家具： 标准橱柜，台面。
移动式家具： 红色木凳。

3 装饰

灯具： 固定吊灯，管灯。
养眼装饰品： 红白相间的瓷器，拉丝铬的五金把手，红色鲜花。

　　粉刷墙面、木框和橱柜前，先为橱柜添加些巧手装饰，其目的是在上下橱柜的中间部分创造碗橱的效果。首先在家居中心选购三种材料：装饰壁板、拱形的檐槽板（安装在上层橱柜的下面）、曲形的侧支架。将上层橱柜的木门更换为玻璃门，并在玻璃门的外侧用木条（家居中心有售）做装饰窗架，然后将窗架与玻璃门外框粘好。圆形柜脚置于柜门下方的踢脚空间，同样用胶水粘牢。将整个墙面和橱柜粉刷成白色，这里不包括上层橱柜的装饰壁板。接下来才是用红色油漆粉刷橱柜内侧的装饰壁板。在上层橱柜的底板背面安装几盏管灯（五金商店有售），用来突出台面的装饰瓷盘。最后在白色的窗户拉杆上挂上红白相间的印花短窗帘。

　　吧台凳用大红的亮光漆粉刷后会显然得鹤立鸡群，可将其摆放在吧台桌或橱柜的旁边。

　　你可在上层的玻璃柜里布置些红白色的瓷器，然后在台面上摆放几件别具一格的瓷器。为了防止大瓷盘从桌面滑倒摔碎，可以使用画架将其固定在桌面上，并少量涂抹粘性蜡。

这间厨房如同家中的运转中心，功能齐全又简约朴素。房间的怀旧风格来源于普通建材的真实质感，实木木材、复合木地板、瓦楞铁皮板、金属以及玻璃，所有的产品都是原汁原味的。

一物多用
返璞归真
Unility Chic

1 房间背景

墙面和天花板的颜色：米绸色。
地面：淡棕色的复合地板。
灯具：射灯，不锈钢吊灯。

2 家具

固定式家具：落地橱柜，电器，中央操作台。
移动式家具：木座不锈钢腿的吧台椅，旧冰箱。

3 装饰

桌面摆设：玻璃花瓶，铁皮板，瓷盘。
怀旧装饰品：50,60年代式的陶瓷花瓶，透明玻璃花瓶。

你最好聘请专业的木工和建筑工人来帮忙安装浅棕色的现代式落地橱柜、窗户、地板、电器和中央操作台（开工前，应请设计师画出施工平面图）。本案中，背景墙最富创意的部分来自于建材本身散发的纯天然气息。你要特别留意选择经典和永不过时的材料，然后将这些材料搭配起来，设计出符合现代厨房功能要求且风格前卫的装饰方案。当然你也可以借鉴本案中的装饰元素，与自家的实际情况结合后，再搬到自己的家中。在地板、墙面、橱柜和家电全部完工就位后，现在要考虑的是其外表的效果：木材选用清漆，墙面选用显孔亚光漆，然后为上层的橱柜门安装宣纸玻璃。

全新的怀旧风格吧台椅放置在中央操作台的台面下。你如果愿意可以尝试在台面上放一件老旧的厨房电器，用来突出厨房的怀旧风格，比如老式冰箱。对于装饰设计来讲，新与旧的碰撞也是一种充满乐趣的挑战。

怀旧的陶瓷花瓶作为惹眼的饰品，是装饰台面的最佳选择。一般来说用花瓶装饰1~2个台面即可，切记不可过多。怀旧风格的定义是干净整洁，因此就要将装饰摆设的数量压缩到最少。挑选桌布和餐巾的时候，应选择中性和自然的颜色。偶尔还可为厨房点缀一些自然的色调，其中最好的选择就是线条简洁明快，且没有柔软的绿叶和毛茸茸外观的长杆鲜花。将鲜花竖立在透明玻璃罐或玻璃瓶里，衬托出容器的俊朗线条。

现代感的吊灯为操作台提供照明。

一台具有40年历史的冰箱成为厨房里独特又现代的装饰品。

橱柜门使用带有宣纸效果的磨砂玻璃，将柜里乱糟糟的碗碟置于人们的视线之外。

升高的台面背后是一组储物柜，可将灶台的物品悉数收纳。

现代感的斜角台面被翻新的铁皮板包得严严实实。

浅棕色的复合木地板配合了房间整体的风格设计，这种地板也是耐用实惠的选择。

这套标准规格的橱柜在门被拆下后，变成了餐具的陈列橱，方便取放每天使用的餐具。

订制的橱柜台面没有防溅挡板，主人却巧妙地与瓷砖结合，制作成一道独特的档板。

巧思量大收获
Food for thought...

　　首先你要确定自己的储物空间是否足够。功能相近的物品是否都已经摆放在一起？你的小家电是否紧靠橱柜台面？你是否将最常用的物品置在柜子或抽屉的外侧？橱柜里的推拉板是否对你有用？几分巧思能让你更有效地利用有限的空间，繁琐的厨房工作从此充满乐趣。

想得到线条简洁且现代感十足的厨房吗？你要做的就是将窗户的上檐和碗柜上的门拆下来。

当时髦的外观
遇到简洁的线条
Sleek & Svelte

 房间背景

墙面和橱柜的颜色： 淡淡的青绿色和白色。
窗帘： 金属银色的活动百叶窗。
地面： 灰色橡木复合地板。

2 家具

固定式家具： 整体橱柜。
可移动家具： 带有滑轮的操作台。

3 装饰

灯具： 金属吊灯。
餐具： 灰白色的陶瓷餐具，白色的玻璃杯。
时尚装饰物： 金属网眼水果篮，大号的绿色玻璃容器，水槽下方的窗帘。

拆门。 我们示范的是一套最普通的橱柜，先将橱柜的柜门拆下，再将一扇标准尺寸窗户的上檐拆下换上一张普通的连壁搁板。我们用充满动感活力的白色油漆粉刷所有的木制家具表面。请使用半亚光效果的油漆，这样的木制家具表面给人感觉明亮、清新且容易打理。为落地橱柜安装上白色的台面后，再贴上白色瓷砖当作防溅挡板。为了突出挡板，可以使用白色亮面的小块瓷砖，再以瓷砖粘合剂粘牢。橱柜四周的墙面使用淡青绿色的显孔亚光效果的乳胶漆。脚线、门框和窗框全部刷成白色，与橱柜保持一致。窗户内侧安装具有金属质感的百叶窗，为厨房增添一抹亮银色。橱柜上拉丝铬的五金把手以及水盆边的拱形电镀水龙头使厨房更加闪闪发光。

折扣商店中选购的活动桌属于板式包装的家具，可以将其摆放在厨房的一侧空地，也可以摆放在厨房中间作为中央操作台，不但为厨房增加了额外的操作空间，也可用来存放物品。

另一种方法就是用柜橱替代活动桌，柜橱一般都比较高，也有储放食品和各种物品的搁架和篮子。

餐具可以陈列在上层的碗柜中（如果可能的话，调整下层搁板的高度，将餐具作高矮搭配）。贴着柜子的背面摆放一只人号的灰色托盘，用来衬托其他餐具，最后在台面上摆放两个玻璃容器。至于水槽下方的窗帘，我们用拉力螺栓在橱柜下方的空白处拉上一根铁丝，在铁丝上挂几个带有挂钩的夹子，最后用夹子夹住白色棉布窗帘即可。

如果你热衷于收集菜谱，又酷爱烹饪和大型聚会，那么你需要为厨房准备一间藏书阁，用来存放菜谱、杂志、趣味创意以及派对菜单。

藏书阁
Room for Recipes

1 房间背景

墙面，橱柜和瓷砖的颜色：黑色，白色，红色。
窗帘：白色活动百叶窗。
地面：木地板。
灯具：射灯。

2 家具

固定式家具：橱柜，中央操作台，餐台，小家电，水槽。
可移动家具：黑色金属吧台椅。

3 装饰

照明灯饰：橱柜内的照明灯，火炉上方的照明灯。
餐具：黑白红三色相间瓷器。
厨房点缀：红色鲜花，瓜果，餐巾。

这间宽敞的厨房采用黑色相间的格调，将一面或两面墙上的橱柜门拆除，露出柜子里的搁板。橱柜的背墙使用色彩抢眼的油漆（对于黑白基调的装饰，红色是最好的反衬颜色），这样设计的目的是做出富有跳跃感觉又讨喜的背景墙，并且打破了连片柜门一成不变的节奏，同时，引人注目的背景墙也衬托出了柜子里的陶瓷餐具和主人特别收藏的茶具。

家具。这间厨房的橱柜和台面空间非常充裕，而宽敞的空间里容纳了两个水槽、各种小厨电、6个火眼的灶台和中央操作台以及台下的藏书阁。这样的厨房为热衷于烹饪和聚会的家庭打造出名符其实的"指挥中心"。本案中由于空间充足，厨房的家具大多为固定式的且功能齐全，因此基本不再需要可移动的家具。最后，别忘记在加高的餐台下摆放三把黑色的金属吧台椅。

红色的装饰品。人们总是习惯于在宽阔的台面上放上很多随手物品，结果把台面搞得乱糟糟的。当然，如果采用本文中介绍的方法，需要你提前构思好空间的利用。首先，台面上的物品只限于黑白色调的装饰品；然后在厨房关键的位置上布置几件红色的装饰品，用来点缀黑白色的装饰格调。红色的餐巾、红色的托盘、红色的食品罐还有红色的鲜花水果打破了大量黑白色调所造成的单调呆板。

不论是为了烹制普通的家常菜或者准备聚会，厨房的中央操作台下收藏的大量家庭菜谱和各种烹饪资料都可供主人参考。下层中的文件盒可按名称将烹饪杂志分类存放。

几间开放式的橱柜把柜内的物品展示出来，打破了过多的柜门带来的单调乏味。

操作台下有三间宽敞的隔断，每个隔断又细分为上下两层，方便分类存放烹饪书籍。

画框用背胶粘扣带（魔术贴）固定在瓷砖墙面上。

小户型的房间通常都伴随着有限的装修预算。本文介绍的设计方案为你精打细算每一分钱的投资，这可以称得上是专门为小户型的公寓量身打造的空间紧凑且个性十足的厨房。

妙不可言的舒适
Comfort Sweet

1 房间背景

墙面和橱柜的颜色： 橄榄绿，金黄色，白色。
窗帘： 木质百叶窗帘。
地面： 木地板，编织花地毯。
灯具： 吸顶灯。

2 家具

固定式家具： 固定橱柜，冰箱，水槽，炉灶。
可移动家具： 仿古木桌和木椅 。

3 装饰

情调与照明灯饰： 操作台上的小台灯和餐桌上的台灯。
餐具： 仿古黑白印花陶瓷餐具。
怀旧装饰品： 翻新的三角门楣，座钟，彩色托盘，装饰镜框。

　　白色瓷砖线以上的墙面用橄榄绿色的油漆粉刷后形成背景墙（选用显孔亚光效果的油漆能为厨房增添暗淡的光泽，且易于清洁）。继续从同一张色卡里选择两种黄色的半亚光油漆，橱柜用深黄色的，柜门用浅黄色的，窗框和脚线用亮光的白色油漆粉刷，窗户内侧安装木质百叶窗。下一步是为平坦的柜门上添加趣味装饰，先从书本中挑选几幅普通的图案，然后装入折扣店里选购的素黑色相框内。接下来在相框的两侧钻孔并穿过橱柜门，然后用螺钉将相框固定在柜门上。最后为了给厨房增加额外的个性装饰，我们在橱柜上方的空间里放置一个装饰用的三角门楣。

　　增加光线。小餐桌和餐椅与橱柜平行摆放。桌面上放置一盏迷人高挑的台灯，台灯的光线如吊灯一般从高处柔和地射向桌面。为了方便够到电源插座，餐桌的一头紧靠墙面而放，台灯只有这样布置才可以够到电源插座。最后在橱柜的台面上摆放一盏用来照明的小型台灯即可。

　　进一步美化柜顶的空间。 座钟肯定是厨房里必不可少的东西之一，如果再配上一套风格迥异的饰品就更棒了，比如图中所示的木雕猪和旁边精致的希腊风格的水瓶。

卧室
Bed rooms

与忙忙碌碌的厨房、餐厅、书房和浴室不同，你需要创造一间具有全新理念的卧室。卧室最大的好处就是为你提供绝对的私密和宁静的享受空间，同时它还体现出主人的个人品位。本章将教会你如何打造出完全属于自己的卧室。首先为你深层剖析这间薰衣草风格的卧室，其余部分向你展示不同风格的卧室设计，必有一款适合你。

　　人生有1/3的时间是在睡眠中渡过的，奖励自己一张舒适的大床吧。这里是你人生和梦想的起点，也呵护着你的健康。来看看下面这间宁静舒适的卧室吧。

薰衣草卧室
Lavender Retreat

1　房间背景

墙面，脚线的颜色：米绸黄和白色油漆，紫色与白色相间的条纹壁纸。
地面：白色油漆的底层粗地板，弗洛卡蒂毯（一种带粗厚绒毛的希腊手织地毯）。

2　家具

床：床褥垫，弹簧床垫，金属床架，铺壁纸的床头板。
座椅：藤椅。
储物：床头柜，抽屉柜。

3　装饰

情调和照明灯饰：床头灯，地灯。
个人生活用品：被褥，枕头，装饰靠垫，家人相片。
随手物：闹钟，玻璃水瓶，镜子。

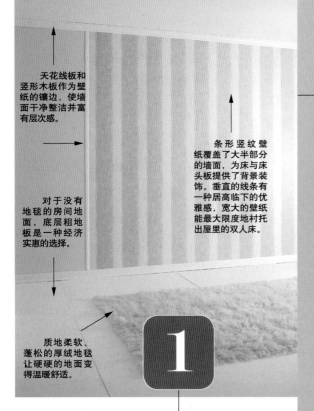

天花线板和竖形木板作为壁纸的镶边，使墙面干净整洁并富有层次感。

条形竖纹壁纸覆盖了大半部分的墙面，为床与床头板提供了背景装饰。垂直的线条有一种居高临下的优雅感，宽大的壁纸能最大限度地衬托出屋里的双人床。

对于没有地毯的房间地面，底层粗地板是一种经济实惠的选择。

质地柔软、蓬松的厚绒地毯让硬硬的地面变得温暖舒适。

1

房间背景

　　有时风格协调一致的布艺或壁纸能够产生很棒的整体视觉效果。我们在这间卧室的三处位置使用了风格一致的壁纸，一处在墙面，另两处在家具的外立面上，让原来毫无生气的墙面呈现出轮廓鲜明的外貌。

　　现在开始创建房间背景墙。我们的目的是将其打造成房间里的亮点，首先要做的就是在墙面上粘贴几张壁纸，并为大床确定摆放的位置。整个背景的总宽度是床的宽度与两张床头柜的宽度之和，外加约30cm的边距。其余的墙面刷成淡淡的米色，然后安装白色的天花线和脚线。涂料与壁纸交接之处的缝隙，使用殖民地风格的白色漆面板条或图书馆风格的板条封边（详见上图）。

　　针对没有铺地毯的卧室，我们采用了别出心裁且经济实惠的地面处理，即用白色亮面效果的地面油漆粉刷地面或底层粗地板，因为使用乳胶亮光油漆可以方便清洁和修饰墙面。为了地板的持久耐用，最好将地板粉刷2~3遍（使用聚氨酯密封胶后，就会变得不易清洗，即便是再次粉刷，其效果也远不如直接刷2~3遍油漆）。2天后，在将来摆放床的位置铺放一张厚毛地毯，这样你每天清晨起床时，柔软的地毯表面就能呵护你的双脚。

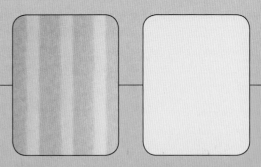

墙面：墙面的颜色变化反映了卧室的格调。常春藤蓝或者蓝紫色都能为卧室带来深沉的风格，而淡黄色和金黄色让你从清晨开始便有大好心情。当然为你的卧室选择适合的黄颜色需要多花些心思，因为，实际刷好的金黄色永远要比色卡上的颜色亮。同时，要尽量避免在卧室使用过于明亮的柠檬黄。

木工：白色的板条让房间显得干净明快，如果你是自己裁切板条，请在安装前刷好油漆。

地面：反差强烈的质地带来柔软的脚下感觉。本案中，毛绒绒的地毯温暖着坚固的地板，而且保持了房间整体的淡色风格。

家具

卧室里普通的纤维板和白色的柜子用壁纸装饰后焕然一新。我们使用了两种壁纸，花纹壁纸和小方格壁纸，为的是配合之前完成的背景墙。

制作床头板需要购买两块约1.2m×2.4m的中密度纤维板，并在店里分割成两块约20cm宽和3块40cm宽的木板，这样的宽度足够容纳下一张普通双人床（如果是大号双人床，只需要增加木板的宽度即可）。一般来说，壁纸是从显眼的大平面开始贴，依次是正面、四边和四角。壁纸的长度和宽度要保证有足够的平整折背。如果你感觉壁纸的花纹过于单调重复，那么只需保证花纹的纹路走向大体整齐就可以了（这样的话，你需要提前为壁纸留出富余量）。接下来在水槽里将每张壁纸浸湿，最好每次只贴一张涂好胶的壁纸。壁纸涂好胶后先晾5min，让胶水在壁纸上粘牢（壁纸两侧折至木板背面，对齐后粘好）。然后将壁纸粘在纤维板表面，要注意保持四角的花纹整齐匀称。用海绵将多余的胶水和水分擦净。壁纸要紧贴木板的四边，像礼品一样包裹整齐。将木板四角多余的壁纸裁掉并修剪平整，但不要剪得过短。最后将完工的木板放在地面晾干。按照一宽一窄的风格，为其余的木板贴好壁纸。

抽屉外面的壁纸也按照床头板的制作步骤完成。

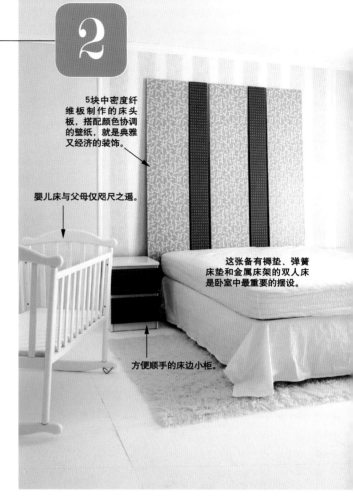

5块中密度纤维板制作的床头板，搭配颜色协调的壁纸，就是典雅又经济的装饰。

婴儿床与父母仅咫尺之遥。

这张备有褥垫、弹簧床垫和金属床架的双人床是卧室中最重要的摆设。

方便顺手的床边小柜。

一对风格一致的抽屉柜采用了床头板的装饰设计，一个是男主人的，一个是女主人的。

这一对藤椅也是一人一把。卧室的一角变成了工作之余的舒适休息区。

另类选择：工作之余的舒适

Substitution: After-hours Comfort

这间卧室里的一对轻便藤椅大概不像软垫椅一样舒服。那么，你可考虑换一对软垫椅，一张双人沙发，或者长靠椅。对于空间充裕的卧室（大多数新家的卧室都比较宽敞），可以用茶几搭配不同的座椅，例如，一把宽大的扶手椅和一把可调节长短的躺椅。我们可以围着茶几按照L形摆放这两把椅子，椅子则面对着双人床的方向。

床头柜上放些为数不多的实用物品。静谧的卧室也要时刻注意干净整洁。

梳妆台上珍贵的金属挂饰和芬芳的香水给人以愉悦的感观享受。

柔软舒适的靠垫是卧室中必不可少的物品

3

你值得拥有闪闪发光的个性装饰品。

灯具：床头两侧的台灯会方便你睡前阅读和工作。床头灯通常比传统的台灯要矮一点，方便阅读时调整

一盏照向天花板的落地灯照亮了房间阴暗的一角，笔直挺拔的造型平衡了低矮的藤椅。

光线。灯罩的下沿与脸颊平行即可，这样灯泡的光线就不会让眼睛过于疲劳。圆形的灯罩会将光线引向床头或者你的阅读材料方向。灯的摆放位置以不用起身即可关闭为宜。如果两盏床头灯搭配得相得益彰，就不必非要使用一对相同的灯具，只要灯具的高度近似或购买款式相同的灯罩就可以了。卧室里其他地方特别是座椅旁边，还需要添加一盏落地灯以驱除角落里的黑暗，并为梳妆镜提供照明。

镜子。如果你是在卧室里化妆，最好在衣柜的门上或者抽屉柜旁边的墙上安装一面全高的穿衣镜。柜面上可放置一面旧式的曲面镜，或者是新款的带有镜前灯的镜子。为了获得美观和明亮的效果，可以选用普通的圆形、椭圆形或长方形的镜子。尽量不要使用磨砂镜面或者有蚀刻图案的镜子。请记住：平面镜适合与各种灯具搭配使用。

舒适的靠垫能彻底放松身心。当你忙于寻找背景墙的壁纸样式时，可以查看一下是否有颜色、花纹与壁纸协调的布料。拿定主意后，购买约1.8~2.7m长的布料缝成平边或卷边的椅子靠枕或坐垫。你先从布艺店里买几个约50cm²大小的羽绒枕芯，用来缝制平边的靠枕。将之前选好的面料裁出2片约55cm²大小的布料，留出约1cm的封边富余量，然后用缝纫机将前后两片缝在一起，花纹朝外。先缝好三个侧边后，在最后一边留出约20cm的开口，将枕套翻过来里面朝外，然后塞入枕芯。再将枕头与枕芯拍打至四角平整，最后用缝纫机将开口的部分匝平即可。

床上用品尽量使用线条简洁的装饰图案，比如条形、方形和椭圆形等，永不过时的图案营造出整洁且富于现代感的床上摆设。

安静的卧室采用了冷色调的设计。

床头这片灰绿的狭长立面营造出一种超大空间的幻觉。

室外摘下的一片棕榈叶立刻成为房间里最引人注目的艺术创作。

被罩上大块的几何图案让窄小的卧室显得比原来宽敞多了

空间宝贵的小卧室依然可以创造出静谧的休息处，只需要一点基础的几何常识再加上干净利落的白色墙面与窗帘就好了，然后直接溜进被窝睡觉吧。

享受极致的宁静
So Soothing

1 房间背景

墙面颜色： 白色，灰绿色。
窗帘： 白色薄纱窗帘。
地面： 全部为褐色地毯。
灯具： 天花板吊扇灯。

2 家具

床： 被褥，弹簧床垫，金属床架。
桌子： 床头桌。
储物： 抽屉柜。

3 装饰

情调灯饰： 床头灯。
个人生活用品： 床帷，羽绒被，羽绒被罩，枕头，画框，艺术品。
天然装饰物： 一大片棕榈树的叶子。

油漆颜色。墙面和脚线使用洁白明亮的白色油漆，显孔亚光漆用在墙面上，亮光漆则用在脚线和天花线上。现在来制作全高的床头板装饰造型。先量好床的宽度，然后在放置床的墙面标出同样的宽度，所划出的标记线就是将来的床头板的边缘。用水平仪确保标记线的垂直。接下来用胶带挡住标记线两侧的白色墙面以及脚线和天花线，以灰绿色的油漆粉刷标记线内的墙面，最后揭开胶带完成床头板的油漆工作。另外，窗户上的窗帘选用白色的棉布窗帘最佳。

将床挪到已经刷好的床头板前，并在两侧分别摆放一张抽屉柜和一张床头桌，方便储物。

现在为这张双人床罩上一套简单朴素或带褶的床帷（先将原有的床褥拿走，再为床垫罩上床帷，更换另一张床褥）。在新的床褥上垫上一层软垫，盖上合适的床单。接下来用一层方块图案的羽绒被罩覆盖下层的羽绒厚被（可机洗的羽绒被不必再盖床单），最后将床铺平。床两侧摆放两盏台灯，一台用来阅读，另一台用作装饰。墙上的艺术画根据个人的爱好决定。找一片棕榈叶或常青树的枝叶，放入床头边的花瓶作为装饰，让房间迸发出适度的活力。

溜鸟架与花哨的吊灯组合成床边的落地灯，不拘一格的创意令人啧啧称赞。

蓝色的釉面墙漆在手工拉毛的处理下呈现出弹性、质感与半透明的效果，不仅从视觉上增加了房间的进深感，也为卧室的家具和布艺装饰预留了设计空间。

三幅蚀刻图案占据着床头板顶端，其曲线的构造与斜角的画框互为呼应。

1 房间背景

墙面颜色：条纹感的柔和蓝色釉面漆。
窗帘：旧式的印花窗帘。
地面：整体地毯，床边织锦地毯。

2 家具

床：20世纪40年代法式风格的床。
桌子：老式的藤条床头桌。
储物：老式抽屉柜。

当腐朽与完美相遇，会交织出令人愉悦与充满创意的原始美。

好莱坞独创风格
Hollywood Chic

3 装饰

情调灯饰：鸟架吊灯，老式台灯。
个人生活用品：被褥，亮面条纹羽绒被罩，羽绒被，褶边枕头，印花靠垫。
怀旧装饰品：一组闹钟，镜墙，蚀刻图案。

深色木框的墙面镜横跨整间卧室，几乎让卧室的空间扩大了一倍。

这组闹钟属于个人嗜好的收藏，为娱乐消遣而摆设。

大号的家具通常能为窄小的房间创造舒适感。

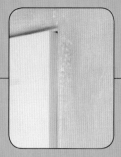

布置房间：这间卧室的浪漫装饰风格来源于一部爱情老片，在墙面部分，我们采用了略微烟薰的蓝紫色，挂上了印花窗帘，另外还有一面令空间倍增的硕大墙面镜，这一切全部取材于原始的电影场景。

家具：卧室的最大亮点就是这张床了，不过，如何搭配合适的储物柜也很重要。如果你已经有了固定式的衣柜，那么卧室里唯一让人操心的就是摆放一张漂亮的床。当然还需要摆放床头桌，方便存放首饰和展示个人收藏品。

刷亮墙面。蓝色的油漆和室内装饰用的釉面漆能够化平凡为神奇。如果你不熟悉如何用釉面漆处理墙面，那么你最好从油漆店购买一套带有说明的工具。这间卧室的墙面采用了网线阴影的涂刷法，结果呈现出弹性、质感与半透明的效果。窗帘安装很简单，就是在窗框内侧安装一个拉杆，挂上白色的纱帘，但为了更加美观，我们在窗框上沿约8cm的位置固定一个金属杆，并单独在窗户的一侧搭配一幅旧式的印花窗帘。在墙面上安装一面超大的镜子，小小的卧室看起来突然大得有些不可思议，镜内镜外四处洋溢着迷人的奢华与魅力。

点缀床饰。床是这间卧室的看点，所以要选购一套豪华舒适的被褥和床垫，然后物色一件老式的床头板，看看自己像不像一个派头十足的电影明星。注意将床身摆正，不要让床头对着门厅（从风水学上讲，能从床看到大门是不吉利的）。如果床边柜子的储物空间仍然不够，可以再买一个抽屉柜。

装饰房间。那些令人赏心悦目的物品一点一滴地将你的个性渗入卧室。床头桌上摆放的台灯用来阅读，而落地灯为房间增添了舞台感。旧式的印花布艺靠垫让这间卧室变得生机盎然，鸟语花香。最后在窗边的花盆中栽种几株精致的鲜花，让房间充满了芬芳的气息。

仿古作旧的物品是最适合摆放的别致小饰品，你可以从古董店或旧电影中获取一些装饰灵感。例如，这种用于橱窗展示的旧式吊灯，将其放置在鸟笼架上，能将卧室的怀旧之情体现得淋漓尽致。如果你喜欢钟表，将这组小闹钟集中起来，整体感立现。

卧室的窗帘与
房间同高，仿佛是
大床的帷柱，曼妙
的风格与窗户形成
了优美的搭配。

蜡烛吊
灯不像电灯
那么贵，却
能让卧室充
满魔幻的神
秘气氛。

床帐的周围和
窗帘上方安装了木
制檐板，既是家中
的趣味装饰，又可
以挡住窗帘的五金
配件。

布艺装饰高
雅、温馨，添补了
大量的空白空间。

装饰这样一间宽敞的主人套间极富挑战性，装饰难度甚至让你忘掉了身处预算拮据的窘境，大量的布艺装饰成就了这间廉价的舒适卧室。

花海绿洲
Floral Oasis

 1 房间背景

墙面和脚线的颜色：浅褐色，白色。
窗帘：全高的布艺窗帘。
地面：地毯。
灯具：射灯。

2 家具

床：褥垫，弹簧床垫。
桌子：作旧的白色床头桌。

3 装饰

情调灯饰：蜡烛吊灯。
个人生活用品：羽绒被，床帐，枕头，靠垫，披肩。
养眼装饰物：窗帘，相片，鲜花，木制雕花镜。

　　墙面刷成浅褐色，脚线和窗框刷成亮白色。细木板制作的护墙条环绕整个卧室的墙面。先将护墙条刷白，然后固定到距地面约90cm高的墙上。窗户上方安装木制檐板和布艺印花窗帘（先安装窗帘，然后再将檐板固定在墙面上）。

　　将床垫依墙而放。用约2cm厚的胶合板裁出约120cm高的床头板，而宽度比床宽15cm即可（一般胶合板的尺寸是120cm×240cm）。现在为床头板铺上一层棉絮，用朴素的深褐色布料盖好，将布料的毛边钉在床头板的背面，用螺钉将床头板固定在墙面上，高度依人而定。然后用带有凹槽的木板为床头板封边。床帐的周围安装了白色的木板条，用来遮挡窗帘上方的五金件（详见第80页图）。床头桌摆放在床边，并在卧室的一角斜放一张写字台（45°斜角摆放的家具可以多占些空间，也为房间带来多变的风格）。

　　床帐固定在天花板上的白木框内侧。用相同花纹的布料制作羽绒被罩，再用带有花边的枕罩布缝出一对欧式方枕。枕头一层层堆在床上，显然得豪华无比。木制雕花镜挂在床边的墙上，最后在床正上方的天花板上悬挂一具烛台吊灯。

床头的镂花图案一直扩散到天花板上，这不就是你的天空花园吗?

儿童房
Upsy Daisy

 房间背景

墙面颜色： 绿色，蓝色，白色，花色。
窗帘： 白色薄纱帘。
地面： 复合木地板。
灯具： 天花板吸顶灯。

 家具

床： 褥垫，弹簧床垫，金属床架。
桌子： 白色床头桌，装饰小桌。
储物： 白色抽屉柜。

3 **装饰**

情调灯饰： 摇臂灯。
个人生活用品： 褶边床罩，羽绒被，印花床单，鲜花。
随手物： 电话，闹钟。

床头的墙面作装饰墙。先用胶带盖住床头上方以外的墙面，两侧应多留出5cm的距离，将床头部分的墙面刷成红色。反过来用胶带挡住床头的墙面，将两侧的墙面刷成蓝色。再把卧室里其余的3面墙刷成白色。按照产品说明，用调好的裂纹剂制作整面墙的龟裂效果（裂纹剂在工艺品商店、建材市场和油漆店有售）。我们用压毛油漆手套为整面墙涂上淡绿的油漆，也是最后一层油漆（手套蘸好油漆后，可用牛皮纸和碎木条吸走过多的油漆）。在裂纹剂表面涂抹油漆的时候要轻柔、平稳，手套上的油漆涂完后随时补充。还要注意漆面的平整均匀，避免用力下压，这样会导致裂纹剂从墙面脱落。选择形状和大小与床单上的花朵近似的镂花花形，然后开始涂装墙面。镂花漆的颜色要和床单上的颜色保持一致。按照操作说明，用准备好的镂花图案在已经产生裂纹效果的墙面和天花板涂刷。最后在镂花的床头墙两边各挂一盏摇臂灯。

现在将褥垫和弹簧床垫摆放在金属床架上，然后把床挪到装饰墙的位置。如果需要，再放一张床头桌和一张抽屉柜。

为床穿衣。用褶边床罩和白底色的印花床单为床穿衣，实际上，墙面镂花的灵感就来源于床单上的图案。装饰小桌也铺上同样花纹的布料作桌布，最后在桌面上摆放几件个人的生活物品。

墙上的镂花与床单上的
图案一样。镂花四散在龟裂的
墙面上，另外几朵镂花则随意
地散落在天花板上。

床头装饰墙
面两侧的摇壁灯
方便阅读。

制作镂花的
时候，可稍微用
力按一按，以使
油漆渗过镂花图
案（**上图**）。

镂花图案可以
点缀在墙面的各个
位置（**下图**）。

墙面镂花的灵感来源
于床单上的印花图案。

樱桃红色的墙面以温暖的感觉和浓烈的色彩来欢迎客人。

高高的橡木抽屉柜是家中的传家之宝，见证了房间的沧桑变化。

宽大的白色厚棉布披在破旧的扶椅上，创造出闲散优雅的生活逸趣。

为了装饰出诱人的客房，樱桃色的墙是必不可少的。暖暖的色调不仅创造出温馨的氛围，也突出了洁白的窗框。

客房
Guest Quarters

1 房间背景

墙面和窗框的颜色：樱桃红，白色。
窗帘：白色半高百叶窗。
地面：地毯。
灯具：天花板吸顶灯。

2 家具

床：橡木床架，褥垫，弹簧床垫。
椅子：墙角扶手椅。
储物：高抽屉柜，床头柜，暖气上的壁架。

3 装饰

情调灯饰：床头灯，扶手椅边的台灯。
个人生活用品：被子，绣花边枕头。
复古装饰物：旧式欧洲海报。
天然装饰物：鲜花。

重新装饰之前。在装修第84页图示的这种小型客房之前，应将房间中所有家具和物品清空，这样在粉刷时才能方便地移动梯子。用胶带挡住窗框后，我们为墙面刷上樱桃红色的油漆。等墙面自然风干24小时后，用胶带盖住窗框周围的墙面，用白色的亮光油漆粉刷窗框（当然你也可以将顺序颠倒，先刷窗框再刷墙面）。为双悬窗选购半高的百叶窗时，以挡住窗子的下半部分为宜。先为百叶窗涂刷或喷上白色亮面漆，与窗框保持颜色一致，然后再用铰链将百叶窗安装在窗户上。

重新摆放卧室中的家具后，当客人迈进这间迷人的卧室时，目光会立即被最有特色的那一件家具所吸引。以这间卧室为例，高高的橡木抽屉柜作为家中的传家宝，服贴地摆放在两扇窗子之间的墙前，床头则朝向房间中唯一的白墙，旧扶手椅可放在房间里最后空出的角落，暖气上的搁板刚好可作茶几。

卧室里漂亮的装饰品会让留宿的客人留连忘返。我们选用了复古的布艺装饰主题，扶手椅的装饰是一条宽松的披巾加上一个漂亮的绣花边枕头，床上摆放了被褥和几个凸花枕头。不止这些，再让我们为卧室添加一些图片装饰吧，挂几幅相框和广告海报，外加一对红色玻璃台灯呼应墙面华丽的色彩。最重要的是，在客人来之前，柜子上别忘记摆放好鲜花。

除了冷俊的外表，钢缆也兼具装饰潜质。这里，现代工业与古典艺术相融合，形成别有韵味的精妙组合。

钢缆的世界
Cable Haven

 1 房间背景

墙面和脚线的颜色： 乳白色。
地面： 复合木地板。
灯具： 电缆灯。

 2 家具

床： 褥垫，弹簧床垫，金属床架，用钢缆制作的床柱。
座椅： 一对金属餐桌椅。
储物： 老式客厅储物柜，老式储物箱，床头柜。

 3 装饰

个人生活用品： 羽绒被，枕头，床帐，毛巾。
复古装饰品： 老旧的三角支架，书本。
天然装饰物： 松果球，鲜花。

制作墙面造型。我们在石膏板的墙面上每隔约30cm安装一条约4cm宽的窄木条作为墙面造型。墙面和天花板均使用乳白色的磨光涂料进行涂刷（旧窗框保持原色），接近天花板的位置悬挂一只电缆灯（请按产品使用说明操作）。

制作四柱床。在床两侧的墙柱上各固定一个羊眼螺钉，再套上直径约5cm的联结环（详见第87页图）。如果没有位置合适的墙柱，也可以固定在地面上。继续在位于床头和床脚的天花板托梁上安装羊眼螺钉。然后在床脚两侧的地面上各固定一个平底羊眼螺钉（详见第87页图），同样套上联结环。我们先从床头的螺钉穿钢缆，用套管在末端制作一个平整的套圈穿过联结环，再以金属箍为钢缆封口。接着将钢缆顺着穿过天花板上的两个螺钉口。同样在钢缆的末端用套管制出平整的套圈后，用花篮螺钉和S形的挂钩将钢缆固定在地面（详见第87页图）。拧紧花篮螺钉的螺杆，将钢缆绷紧即大功告成。最后将床和储物家具搬入卧室。

摆放饰品。将印花窗帘挂在床头边的钢缆上（用夹子固定窗帘）。下一步是铺好床，摆放好储物柜，并在脚床下放置一个装书的木盘。储物柜的顶上摆放装饰用的松果球和盛有鲜花的木桶。

旧式的家具沐浴在现代感极强的灯光照明下。

钢缆上的复古床帐如同华盖一样，拉起帘布就是舒适的卧房。

石膏墙每隔约30cm安装一根细木条，栅格式的墙面让人误以为是一整面的镶板墙。

钢缆先穿过天花板，用套管再制作一个平整的套圈穿过联结环，再以金属箍为钢缆封口。（上图）

在钢缆的末端用套管制作出平整的套圈后，用花篮螺钉和S形的挂钩将钢缆固定在地面。（下图）

床头由一片绣花纱帘构成了纹理精细的布艺造型窗，让人不由地会将纱帘的图案与床单的天然纹路联系起来。

长长的纱帘轻拂地面。

平整光滑的地板与柔软精致的纱帘形成鲜明的对比。

从布艺造型窗的背面修饰纱帘，要小心谨慎，并且预留出约1cm的边。

优美的绣花纱帘利用长布结挂在四柱床的横杆上，让人沉浸在朦胧般奢华之中。

豪华的纱帘
Sheer Luxury

 房间背景

墙面和脚线的颜色：雪青色，白色。

窗帘：绣花纱帘。

地面：复合木地板。

灯具：吸顶灯。

2 家具

床：黑色的金属四柱床。

桌子：折叠床头架。

储物：白色抽屉柜。

3 装饰

情调灯饰：白色台灯。

个人生活用品：枕头，床单，凸花床罩。

天然装饰物：鲜花。

墙面采用了淡淡的耦合色，这种色彩如同绣花纱帘一般虚幻缥缈。为了配合床的风格，窗户的纱帘被挂在了黑色金属杆上。

四柱床靠墙而放，床头面对门口。床两侧摆上柜子和床头架。

制作两种不同的纱帘。一种是用在床两侧和床脚的位置，另一种则是用在床头。制作纱帘的方法是先裁剪几块纱帘，高度按照床横杆至地面的距离再加上约8cm的富余量。用整幅宽的布料裁出足够的纱帘，使纱帘拼接起来后相当于床宽的1.5倍。为每幅纱帘的四边缝一个窄边，但暂时先不要拼接起来。布结是用约40cm长的丝带制作而成，折成半十字交叉状，然后在纱帘的上沿每隔约30cm缝一个布结（床头的纱帘是采用法式线缝将两段布料拼接起来），再将这张纱帘的四边缝好。中间的造型窗用一张图案紧凑的布料制作，布料的四边留出约2cm的富余量。先折进约1cm宽的边，烫平后，再折进约1cm的边用来封住毛边。利用大头钉将造型窗放到床头纱帘上定位，沿着纱窗的封边用单明线将其固定在床头纱帘上。从造型窗的背面修饰纱帘时要小心谨慎，并且预留出约1cm的边（详见第88页图）。在床头纱帘的四个角剪出45°切角，卷回一小段纱帘作窄边，用跳针缝法将毛边封好。最后在纱帘上缝好布结，然后挂上纱帘，并布置好寝具、台灯和床边物品。

浴室
Bath rooms

对于有的人来说，在浴室里直接冲个凉就解决问题了。而对于其他人来说，慢慢地躺入浴缸，让身体尽情陶醉在丝般顺滑的水里，彻底将烦恼遗忘，这才是浴室存在的意义。如果你属于后者，那么请跟我们一起来细细品味这间令人身心放松的私人SPA卫浴。

桑拿风
Sauna Style

厨房和卫浴都是装修的重点，而装修浴室更是要考虑到水环境的设计。除非你打算从零开始装修，否则添加任何一件考虑不周的卫浴设施都会影响到浴室的整体效果。本章向你展示了风格多样的卫浴装饰设计。除了为你仔细讲解下面这间时髦前卫的桑拿浴室外，还有浪漫的乡村风格，现代感的水世界以及取百家之长的卫浴设计。来看看哪一款设计更符合你的卫浴风格。

1 房间背景

墙面颜色： 柠檬绿，暗绿色，黑色，淡绿色。
木料： 松木板，喷砂亚光门。
地面： 岩石感的瓷砖，黑色浴室地毯。
灯具： 吊灯，嵌入式顶灯。

2 家具

固定式家具： 白色柱盆，浴缸，马桶。
可移动家具： 储物阁，带有竹帘造型的壁柜，竹篮筐，松木搁板，毛巾架。

3 装饰

情调灯饰： 石头造型蜡烛。
个人生活用品： 毛巾，做旧效果的镜子，伸缩圆镜，小储物阁，整面墙镜。
天然装饰物： 圆形石头，竹棍。

墙面顶部的
浅绿色调维系了
原有的空间感。

装饰线条充满了动感的
层次，同时将墙面分为上下
两层。

1

略深一些的绿色背景
墙突显白色家具与洁具的
明快线条魅力。

瓷砖地面是装饰浴室明智的选
择，其硬朗的外观与舒适防滑的软
毛地毯是最佳的搭配。

房间背景

如同大多数的卫浴装修，我们先安装固定式的家具和设施：柱形水盆、带有爪形支脚的浴缸、标准尺寸的马桶，然后再雇佣专业的工人为地面铺瓷砖，安装浴缸上方的松木板和一扇经过喷砂处理的旧门。除非你对安装这些东西非常在行，否则最好还是请专业的工人来帮忙安装，这样能确保这些关键的设施安装到位，又不会破坏卫浴的整体风格。你只需要尽情享受装修的乐趣就可以了，诸如涂刷墙面和选择装饰品等。

淡绿色、黄绿色和深绿色（见色卡，右上）。为了方便清洗，请使用半亚光或亮光效果的油漆。在房间所有的墙面上，用水平仪和铅笔在距离地面约1.8m的位置上划出水平的标记线。用胶带挡住标记线以下的墙面，将上半部分的墙面用最浅的绿色油漆粉刷，然后取下胶带。等待油漆自然风干24h后，用胶带挡住标记线以上的墙面，将下半部分的墙面用黄绿色的油漆粉刷。取下胶带后，继续等待油漆自然风干24h。现在开始制作中间的造型条，先用深绿色的油漆刷出一条约5cm宽的横条，等24h风干后，在横条上下各挡一条胶带，中间留出一道约1cm宽的细横道，最后用黑色油漆和细毛刷粉刷中间的细横道。

墙面：选择墙面的颜色需要参照油漆店内的色卡，也可以用色卡组合你喜欢的颜色。浅色调的颜色组合代表健康与活力，又能提升人们的幸福感，因此不要选择过于暗淡的颜色。首先为墙面的上半部分选择一款最浅的颜色，而下半部分的墙面则选用下面略深一点的绿色。墙面的装饰造型条可选用同一色系的深绿色。不过还要注意颜色的选择应尽量偏淡，这样才能突出黑色细横道。这部分的油漆可以选择油画漆。

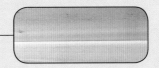

木板墙：浴缸上方的墙面是用约20cm宽的松木板覆盖而成，木板固定在相应的内墙支柱上。嵌入式的搁架位于浴缸上方，搁架的背后则贴上了一排地面用的瓷砖。

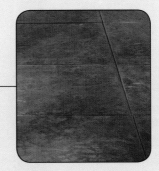

地面：防水防渍而且便于清洁的瓷砖是卫浴地面的最佳选择。不过，这种冰冷又僵硬的地面可能站上去不是特别地舒适，而且地面潮湿时会打滑。为了缓解这种感觉又保证安全，可以在地面上铺上一条浴室毛毯。

瓷砖清洁小贴示：平时用肥皂和清水或者非磨蚀地面的家用清洁剂将地面擦净，不要打蜡。瓷砖缝打湿后会产生污渍，可以先用牙刷和砖缝漂白剂清洁，然后再涂上瓷砖勾缝保护剂。

家具

　　合理安排的储物空间不但能让浴室变得井井有条，你也可以在这里彻底地放松。

　　右图的壁柜由一个旧的书架改制而成。用砂纸将原来的油漆面打掉后刷上白色油漆，然后根据书架两侧的壁板确定柜门合叶位置。用胶合板裁切出两块门板，每块门板高度与书架的前脸高度一致，而宽度是前脸宽度的一半，然后再将门板两边各裁去约0.3cm。这0.3cm将作为柜门之间空当，这样两个柜门在开合的时候不会互相碰撞。接下来按照柜门的长度裁出一块长木条，用砂纸打平长木条和柜门，并刷好油漆。在柜门的内侧为金属合页开槽，用合页将柜门固定在旧书架的侧壁上，再将长木条安装在其中一块门板的门边，以挡住门与门之间的空当。将柜子平放在地面，柜门朝上。竹帘在柜门上居中放平，并用热熔胶粘好。继续制作竹帘镶边。先量好竹帘四周的长度，再裁出相应长度的装饰木条。然后沿着木条一侧的内沿开出长槽，只有这样才能将竹帘边缘的一小部分遮盖住，最后用白色油漆粉刷装饰木条。等油漆干后，将木条固定在竹帘的四周（用冲枪固定钉子后，涂上木材修补腻子）。最后再用油漆做些修补，安上门把手就完工了。

　　水盆上方的连壁搁架可以参照第66页的搁架制作方法。只是在安装的时候要将搁板倒过来，这样背板就位于搁板下方，而不是上方了。

高高挂起的壁柜远离地面，下面的空间可以放置弹簧秤或鞋。

另类选择:
水盆的背墙

Substitution: Sink Backsplashes

如果你依然感觉亮面的油漆亮度不够，可以水盆上方的墙面贴3~4块瓷砖。为了配合地板的颜色可以使用深色的瓷砖，如果是为了搭配水盆的颜色，可以使用色彩柔和的瓷砖。深色的瓷砖在这种浅色调的房间中极为显眼，而白色的瓷砖与白水盆的搭配大概只能起到结构延伸的效果了。

这件拼装的板式储物柜原本是衣柜的配套件，现在我们把它拿出来单独使用。

固定在墙上的金属毛巾挂架直指天花板，构成强烈的垂直线条，同时也方便储物。

小小的指示牌是浴室门上的趣味装饰。

浴室的镜子兼具实用与美观的效果。

3

别致的小摆设只为点缀浴室而存在，虽然没有什么实际用处，却可以营造出SPA感的浴室。

只有一个竖框（过多的竖框会分散镜面反射的光线）。下一步将窗户上的玻璃拆走，并将窗框原有的漆面打磨掉。然后把窗框送到专业安装镜子的地方，在原来玻璃框中装好镜子。现在将完成的镜子挂上墙面，保证镜子的下沿距离地面不超过1m即可。如果镜子是垂直悬挂，可以将下沿距地面的高度调整为1.2m。

装饰

卫浴最主要的用途是梳妆打扮，因此镜子与灯具都是这里不可或缺的东西。在选择灯泡时，一定要选择镜前灯用的灯泡。灯泡如果过于昏暗和亮白，那么当你站在浴室里照镜子时，镜中的影像就不会被完美地还原。不同类型的镜子都可以放置在浴室供梳妆用，而这些镜子也可以将房间中的光线反射到浴室内，使光线洒满浴室的各个角落。总之，一面品质一流的梳妆镜是卫浴的最佳选择。为了最大限度地保证浴室的明亮，同时保持镜子原汁原味的风格，应尽量避免使用磨砂镜面或带有蚀刻图案的镜子。至于刮胡子或化妆，我们可以在电源插座附近的墙上安装一面可伸缩的曲面小圆镜。如果你是在浴室内更衣，也可以在储物柜旁边、浴室门后或者墙上安装一面整幅的穿衣镜。

门口指示牌。这些适用于卫浴的小巧指示牌可以通过邮购、网上购物或者指示牌专营商店购买，比如"请勿打扰，随手关门"、"厕所"、"洗手间"等字样的指示牌。牌子可以用包装中随附的钉子固定在浴室的门外。

石头。天然的石头很自然地让你联想到在水边游泳嬉戏，而放在浴室中的石头装饰也有助于舒缓人们紧绷的精神。光滑的白纹灰石能够唤起地中海沙滩边的美妙回忆，圆圆的鹅卵石又仿佛将你带回到蔚蓝的伊利湖畔，而棱角分明的石块则可以带着你穿越清澈的山间细流，回忆起腾腾雾气中的北欧雪地桑拿夜。

做旧效果的镜子。自己动手制作这样一面别具一格的镜子，首先需要找一扇破旧的窗户，窗户最好

墙面的石头造型适于装饰潮湿和大温差的环境，也为浴室增添了奢华的气质。

置身于乡村风格的家具与华丽的装饰品之间，连泡澡都极富浪漫气息。

水的交响乐
Water Music

 房间背景

墙面颜色： 淡粉。

窗帘： 棉质纱帘。

地面： 土红色地砖，织锦地毯。

灯具： 吸顶灯。

2 家具

固定式家具： 红色爪形支脚浴缸，水盆，马桶。

可移动家具： 棕红色的衣柜，古典式茶几。

墙面： 红色铁丝花架。

3 装饰

情调灯饰： 浪漫壁灯，浴缸边的台灯。

个人生活用品： 柔软的浴巾，浴袍，书籍杂志，浴盐，海绵，沐浴露，古典CD若干。

浪漫装饰物： 水晶香皂盘，蜡烛，鲜花。

墙面刷成淡淡的粉色。选择颜色时，应选择粉白色调中颜色最浅的油漆。如果你的大浴缸外表是白色的，墙面可选择樱桃红的油漆颜色。然后在浴室的地面放上一张织锦地毯，为窗户挂上窗帘。

落地衣柜放在浴缸的旁边，或者摆放在拿取物品最为顺手的位置。浴缸的边上再摆上一张小茶几。老式的花架刷成红色，挂在墙上用来放置浴巾。白色浴巾衬托着编织的铁丝如同墙上的雕像一样。

浴室放置的装饰品和个人生活用品应兼具古典与浪漫风格，这样能使人的心情彻底放松。所谓的浪漫就是将不同物品的质地、颜色、光泽与感染力相结合，比如，闪烁的烛光投射在墙上的阴影或者随风摇曳的纱帘。墙上的一对壁灯位于衣柜上方，用丝质灯罩和曲线造型的艺术支架装饰后，变得风情万种。茶几上再添放一盏优雅的台灯。现在我们教你如何制作药浴配方：苏打粉、泻盐、柠檬酸（药店或超市有售）各一小瓶，混合在一个大碗内。然后一滴滴地慢慢将沐浴精油混入碗内。薰衣草香型的精油能够舒缓情绪，而迷迭香和百里香能够让人恢复元气。将混合好的配方彻底搅匀后，存在玻璃容器中，比如果酱罐。将罐子密封好后，再摇匀。当你泡热水澡时，放入1~2勺药剂，至少要泡上20min才能达到最佳效果。

巧思量大收获
Food for thought...

当你在浴缸中尽情地放松身心时，在手边放些浪漫的小说集不失为解闷良方。艾米莉·勃朗特的《呼啸山庄》讲述了一段爱恨交织的故事，《我爱你，罗尼》收录了前总统罗纳德·里根致夫人南希·里根的情书，而《国家地理旅行家》则为你带来一段虚拟的蜜月之旅。

红色的爪形支脚浴缸与老式的花盆架为浴室定下了浪漫的基调。

地面的土红色地砖清新质朴，湿脚行走时不必担心打滑。

织锦地毯是为客人们准备的惊喜奢华之物。

大号的装
饰字体赋予浴
室一种纯净洁
白的感觉。

白色瓷砖镶贴墙面适于各种
装饰风格，根据装饰物的不同，
可以营造出高雅时尚、休闲逸趣
或浪漫古典的风格。

另类选择：自制浴帘
Substitution: Shower Curtains

　　你可以在家居卖场选购一块素白色的棉布制作
浴帘，然后从工艺品商店里购买几个大号的装饰字
母回家用熨斗烫上，或者送到专业印制T血的服装
店印上字母。最后为浴帘找一块塑料衬里就可以使
用了。

沉闷乏味的浴帘还是拿出去晾干收起来吧，现在就换上个性十足的自制浴帘。

湿地
The Wet Look

1 房间背景

窗框门框和墙面瓷砖的颜色：白色。

窗帘：白色迷你百叶窗。

地面：白色地瓷，蓝色防滑毯。

灯具：射灯，玻璃砖窗灯。

2 家具

固定式家具：爪形支脚浴缸，标准尺寸的马桶与水盆，药柜，浴巾柜。

可移动家具：柳条编织篮筐。

3 装饰

趣味装饰：印有字母图案的浴帘，蓝色浴帘挂钩，浴缸玩具。

个人生活用品：蓝白浴巾和防滑毯，储物柜。

聘请专业工人为你安装浴室墙面和地面的瓷砖，装完后浴室就像一个纯白的方盒子，然后开始试水并安装其他设备。白色通常代表着纯净，因此灰尘与污垢在白色的浴室内无处躲藏。如果你的浴室还是木框的窗户，可以用塑钢窗来替换（20世纪50年代的房子一般都在浴缸或淋浴的位置安装木框窗户，如果不用塑料帘保护起来，木质窗户就会因腐蚀过早地报废）。这里我们用可通风的玻璃砖窗户代替原有的木质窗户，请工人安装时尽量与贴瓷砖的工作同步完成。玻璃砖窗的优点是防水、透光又不失私密性。

浴室的浴缸、马桶和水盆的更新安装也是由装修工人完成，但你最好还是亲自检查水路和各种设备是否工作正常，是否符合安装要求。

现在为浴帘装饰些个性字母图案。当地的标语旗帜商店可以为你制作这种浴帘，字体和颜色任意选择。浴帘最好采用防水、防霉的白色室外用材料。同时选择与浴帘相同或有反差颜色的浴巾，把它们拿去刺绣店，将选好的字母组合绣在浴巾的绒面上。为配合装饰色彩的主题，我们用蓝色的塑料环将制作完成的浴帘挂在白色的浴帘杆上。最后一步就是安排其他的装饰品，比如，柳条编织篮筐、浴缸边的小凳或者带有防滑脚垫的玻璃盒。

蓝白色调的主题专为遵循传统和追求精致日常生活的人们而设计。

古典浴室
Classic Bath

 1 房间背景

墙面和木框的颜色： 蓝色，白色。
窗帘： 褶边窗帘。
地面： 普通木地板，地毯。
灯具： 吊灯。

 2 家具

固定家具： 水盆，浴缸或沐浴喷头，马桶。
可移动家具： 白色衣柜，白色藤椅。
墙面挂件： 水盆上方的连壁搁架。

 3 装饰

个人生活用品： 曲面小镜，艺术画，毛巾。
自然装饰物： 鲜花。

首先为浴室确定主题色调。墙面为蓝色，窗框门框为白色。如果是普通木地板，也要用地板油漆刷成白色的。接下来更换灯具，如果你喜欢，可以换上新颖优雅的水晶吊灯，天花板也顺便刷成白色。我们使用预先抽好褶的花边圆孔布料制作短窗帘（布艺店有售）。或者自己用缝纫机加工，还可以直接从百货商场的针线部购买现成的抽褶布，这样既省时又方便。窗帘的褶边要比窗户的实际宽度宽出几厘米。窗帘的扣带用相同的面料或丝带制作，用大头钉将丝带或裁好的布条固定在褶边上，扣带的长度可以略长，这样窗帘的效果就好像夏日的吊带裙。最后将做好的窗帘挂在拉杆上。

可移动家具。如果浴室内的空间不足以放下所有的浴巾、卫生纸、清洁用品，可以购买一个带有搁架的衣柜或者带有大抽屉的储物柜。为了配合蓝白色调的主题，这些家具也要刷成白色。水盆上方安装的连壁搁架可作额外的储物空间，用来摆放其他物品。

用一幅古典的艺术画装饰墙面。水盆上方的搁架最好只用来放置日用清洁品，不常用的物品可以存放到白色的储物柜里面。

衬裙般的窗帘赋予了玻璃窗格优雅的魅力，而半圆形的花边圆孔布和装饰褶仿佛让夏日永驻。

连壁搁架为水盆周围提供了额外的储物空间。

蓝色墙面与白色的窗框完美搭配，恍若天边云卷云舒。

简单的浴室里，老式的水管故意暴露在外面，好像一座古老的雕像讲述着曾经的故事，让人遐想无限。

竹垫上的镂花图案角度各异，栩栩如生，充满了自然的气息。

镂花图案用胶带固定，用毛刷蘸好丙烯涂料后用力浸透竹垫表面。

利用大森林中原生态的天然质地与色彩，将户外的灵感搬进浴室。再加上镂花图案，这张竹垫就是一幅个人的艺术大作了。

自然的最美
Natural Beauty

 1 房间背景

墙面和脚线的颜色： 米黄色，白色。
窗帘： 竹百叶窗。
地面： 天然木地板，竹毯。
灯具： 乳色天花玻璃灯。

2 家具

固定家具： 浴缸，柱盆，拉绳冲水马桶，角柜。
可移动家具： 黄色茶几。

3 装饰

个人生活用品： 香皂盘，天然海绵，柔软的浴袍和浴巾。
自然装饰物： 绿色植物，蝴蝶艺术画，原色的木画框。

粉刷墙面。 墙面以米黄色的显孔亚光油漆粉刷，脚线等木活用白色的亮面油漆粉刷，以方便清洁和以后更换颜色。浴室里的防滑垫是一块约1.2m×1.8m的竹垫，在上面装饰镂空树叶形的图案。我们用硬纸板或醋酸纤维的布料裁剪出两个镂花模子（两个模子可以正反交替使用，如果只有一个，要等漆料干后才能继续使用）。在拓印前，先用同样的纸模型在竹垫上摆出漂亮的造型。正式涂的时候用胶带固定好镂花模，用毛刷蘸好绿色的丙烯涂料开始涂画。所有图案涂完并晾干后，再刷一层保护清漆，以防溅水或潮湿后造型被破坏。

浴缸边摆放一张小桌，方便取用沐浴用品，或摆放些符合自然主题的漂亮装饰品。

利用自然装饰品。 易于养活的兰花或蝴蝶，昆虫和鸟类的主题艺术画，这些自然界的美丽事物仿佛让人置身于户外。为了配合浴室的绿叶主题，你也可以在秋天收集叶子的标本，然后放在电话簿中压平晾干。从工艺品店中挑选成品的桌垫与相框套件，把叶子标本装入相框，挂在浴缸上方的墙面即可。

空间急功近利的误用与空荡的冰冷感可以用适当的家具来调节与中和，而浴室中的家具则将魅力与功能完美结合。

欧式SPA
Eurostyle SPA

 房间背景

墙面和天花板的颜色：蓝色，白色。
窗帘和浴帘：金色布窗。
地面：白色瓷砖，蓝色防滑垫。
灯具：吸顶灯，水盆上方的筒灯。

 家具

固定家具：转角柱盆，浴缸，马桶。
可移动家具：化妆台，药柜。

 装饰

情调灯饰：壁挂烛台。
欧式装饰：生锈的字母，进口卫浴用品，香皂盒，白色装饰镜，手调花洒，鲜花，椭圆墙镜。

浴室的墙围可以使用瓷砖的边角料装饰，然后请专业装修工人为你拼好花色。浴缸的裙边由旧门板的一部分和几个用作造型的支撑梁制作而成。裙边组合固定在浴缸边上之后，用玻璃胶将所有缝隙密封好。瓷砖、地面和浴缸裙边完工后，将天花板粉刷成白色，并在天花板的边缘加贴一条花式腰线。然后将浴缸的裙边用白色亮面的防水漆刷一遍，这样浴缸的整体会显得天衣无缝，再用半亚光的蓝色油漆粉刷墙面。浴帘使用的是金黄色的窗帘，我们先用门窗五金件将铁丝固定在天花板，然后用铁丝上的镀铬挂环将浴帘挂起（详见右页小图）。

化妆台的台面是用浴室瓷砖的花砖拼凑而成，也是浴室内风格别致的小家具。你需要带上保护眼镜，然后将瓷砖扔进一个帆布口袋，用锤子将口袋内的瓷砖打成小碎块。先为小桌衬一层柏油纸，将瓷砖碎块散放在桌面上，用沟缝剂固定好碎块。然后在桌面涂上一层瓷砖密封胶，防止溅水和香皂泡沫造成的腐蚀。桌子的油漆颜色与浴缸裙边保持一致，同为白色亮面油漆。最后在桌子的上方挂上一个白色药柜。

在房间里再添置些个性的装饰品就完全是欧式风格了。比如，在墙面贴上四个生锈发旧的大字母"BATH"，或在玻璃瓶内装满奢华的香皂。桌上再摆放几瓶泡泡浴露和香水，这种感觉就像是在家度假。

浴室由传统的布艺装饰作浴帘，体现了舒适的欧式风格。

实用的设计

别忘记为你的浴室帘顶部添加一层漂亮的装饰。

碎瓷砖拼凑而成的桌面让人联想到欧洲酒店的迷人魅力。

旧门板与支撑梁构成了浴缸的裙边。

阳光房
Green rooms

这间阳光房的装饰风格是借由户外的朴实色彩与质地进行混合搭配。你可以把这间屋子想象成一顶室内的帐篷，在这里你将置身于绿色植物的包围中，却无风吹雨淋之苦。

优雅的凉亭
Airy Pavilion

每个人都值得拥有一间充满自然美的房间。如果能利用家中的一间房来享受大自然给予的恩赐，自然界的美感绝对符合你的装饰品位。本章第一部分向你展示一个通晓园艺的人是如何通过不同的装饰元素组合，将房间变成供人们休闲的植物园。当室内与户外的界线已不再泾渭分明，这里所介绍的每一间阳光房都会为你带来灿烂的阳光和自然的美景。

1 房间背景

墙面与脚线的颜色：柔和的绿色，土绿色。
地面处理：人造石材地砖，剑麻地毯。
灯具：吸顶灯。

2 家具

座椅：灰绿色的柳条椅，软垫长凳。
桌子：木面铁脚茶几，套桌，花盆架。
储物：木质折叠架，竹柜。

3 装饰

情调灯饰：玻璃蜡烛灯，自然光线。
个人生活用品：坐垫，杂志架。
绿色装饰：植物，一套绿色玻璃瓶和装饰玻璃球，花盆，鸟笼，墙上的盆栽。

门上的窗子没有经过任何修饰，可以最大限度地让阳光照射进房间。

朴实无华的淡色墙面正在等候花房里的绿色植物出现在这里。

阳光房采用石材质感的复合地砖，仿佛是室内的阳台。

方形的亚麻或稻草地毯几乎覆盖了整个房间，为脚下的空间赋予了自然的质感。

1

房间背景

如果你希望得到线条整洁并具有现代感的踢脚和天花线，请先拆掉原有的脚线，为即将到来的绿色主题做准备。因为被洗劫一空的室内环境最适合从零开始作装饰。

新的脚线和天花线分别用长宽比例为1:6的木条和1:2的木条。门框和窗框采用1:3的木条，注意将木条切成斜角以方便拼接。安装前为木条涂上深绿色的油漆，颜色要比墙面的绿色深。墙面刷淡绿色的油漆后再安装各种板线。

聘请专业工人来丈量与铺设石材地面，然后按照地面的尺寸，拼接外观颜色近似的石片。合格的工人或精明的DIY们一般不会从墙角开始铺地砖（因为铺砖都要拉线找平，所以开始铺的那几排砖都很整齐，由于建筑中的地面、墙面并不是完全平整，越往后铺越不齐，于是，从墙角铺砖，就会把最整齐的那几排砖全铺在柜子或沙发下）。同时还要注意如何在窄小的房间角落排砖，而工人手中的专业工具能够完美地切割地砖。

房间地面上居中布置一张大地毯，这样布置的好处是地毯会被一圈约60cm宽的人造石材地板环绕。

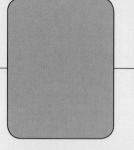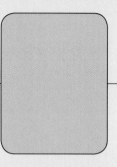

墙面颜色：因为我们已经将房间的基调定为绿色，所以在油漆店选购的时候应将注意力放在灰阶的绿色（也就是说这种颜色与色泽饱满的颜色对比时，看上去会显得苍白暗淡）。选定两种绿色，一种象征着金黄色的玉米地，另一种好像青苔遍野的森林。这两种浅绿色最好是色卡上的同一色系颜色，然后我们就用略浅的绿色刷墙面，略深的绿色刷门窗脚线。

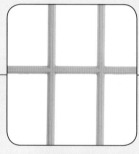

玻璃门窗的油漆采用专业方法：先将门从墙上拆下，平放在室外。整个门板用喷漆器喷涂油漆，包括玻璃窗。然后用工具箱中的单片剃刀将玻璃窗上的油漆刮下来就可以了。喷完漆后的一小时之内，油漆会很容易被刮下来。

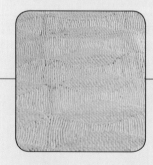

地面：你可以到地砖材料店里挑选具有石材质感的地砖，最好用计算器算出到底需要多大面积的地砖。亚麻地毯可以到家居建材城里去挑选，这里一般有大型地毯出售。大地毯标准的尺寸约2.7m宽，具体要多长的地毯，你得自己拿主意了。

家具

　　室内与户外两用的家具是装饰阳光房必不可少的家具。你可经常光顾家具市场，看看有没有藤制、铁制、竹制和木制的家具存货，这一类家具最适合表现融室内与户外为一体的主题阳光房。

　　阳光房的家具不一定是那种昂贵的家具，你可以在初春的季节里多逛逛折扣商店，在那里寻觅合适的休闲家具。比如这种竹制的梯形小柜子（左下图），以及各式的小型抽屉柜、茶几、花架和凳子。这种铁脚茶几桌椅摆在户外和室内都非常好用。你还可以到旧货或古董商店挑选一套曾经在老式的茶馆里用过的桌椅。总的来说，阳光房的基本骨架就是一张宽大耐用的茶几再配上几把椅子，然后再摆放架子、板凳和滑动支架，用来展示绿色植物。

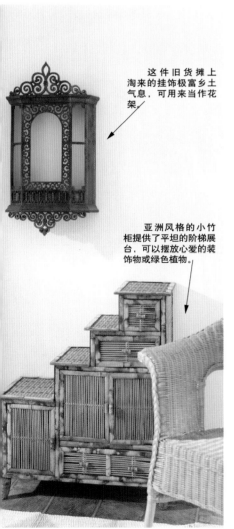

这件旧货摊上淘来的挂饰极富乡土气息，可用来当作花架。

亚洲风格的小竹柜提供了平坦的阶梯展台，可以摆放心爱的装饰物或绿色植物。

2

垂直线条的高木架平衡了椅子产生的低矮水平线条，同时又提供宽敞的空间放置绿色装饰物。

长凳是这间阳光房的主角，三把藤椅如同配角一样面向长凳摆放。

低矮的铁凳摇身变为最吸引目光的花园长凳。

小茶几与藤椅咫尺之遥，紧紧相伴，适合布置装饰物。

方形茶几位于房间中央，座椅环桌而放，是家人休闲聚会的好地方。

天然的棉布靠垫加
上绿色绒线绣出的漩涡
造型是阳光房中最好的
装饰。

3

不论是在海滩、公园、野外宿营地还是在林
间小屋，提灯和蜡烛总能为夜晚带来浪漫感。

色彩灿烂的玻璃组合在阳光下华丽
夺目，绝对是阳光房里的美中之美。

绿色的玻璃制品。大多数人都喜欢房间中闪闪发光的装饰品，其中又以房间中闪亮的金属制品最富魅力。至于阳光房，摆放精致的黑色铁质装饰品才是王道，与玻璃制品互相搭配更是相得益彰。其实为阳光房收集玻璃制品是件令人惬意的事，逛逛商店，仔细寻觅绿色的玻璃装饰品，最后你会发现这才是令人拍案叫绝的惊艳装饰品。房间里摆放了数不清的玻璃球（玻璃渔漂）、吹制玻璃、玻璃碗、玻璃盘、玻璃杯、玻璃花瓶、玻璃罐和玻璃灯，这一切构成了一曲轻脆的玻璃交响乐。

装饰

一间充满生机的阳光房需要绿色植物来点缀，而精美的靠垫、漂亮的瓷瓶和亮丽的玻璃制品同样是最好的装饰物。

制作靠垫。靠垫不仅可以让座椅舒适无比，还是一件房间中的装饰品，你可以选择现成的靠垫，或者自己动手制作个性靠垫。制作带有漩涡造型的靠垫，需要购买平纹棉布、黄绿色的棉布、绿色细线、黄绿色绒线和枕芯。我们先在90cm左右的面料上用绒线随机安排装饰造型。选好起点，用Z形花针法将绒线的一端固定在布料上。缝纫机压脚的宽度刚好用来保持绒线之间的间距，继续让布料随着绒线的走向一起转圈。由内向外大约转十圈就可以完成漩涡的造型。用同样的方法，可以在布料上随意安排更多的漩涡造型。布料缝好后，裁剪一块约45cm见方的布作为靠垫的前片，再用黄绿色的棉布裁剪一块尺寸相同的布料作靠垫的后片。然后将前后片缝在一起，花纹面朝内，再缝进约2cm的毛边，平边靠垫就基本制作完成了。在每个靠垫的一边留出一个10cm左右的开口，将枕面由里向外翻，套入枕芯，最后用手缝上开口就可以了。

植物和花盆。购买绿色的陶制花盆，要好好逛下花店，进口用品商店、折扣店和节日用品店，这些地方一般也会出售绿色植物，所以买完花后正好装盆带走。不过千万不要使用塑料的假花假草，这样会大煞屋内的风景。

绿色植物是阳光房中必不可少的东西，精心挑选的绿色植物融合了不同的质地与外观。

双层公寓令主人倍感愉快的地方就是客厅或卧室外的小阳台。这里摆满了漂亮的植物和旧式的家具，为周日的清晨营造出一个恬静的休闲场所。

舒适的阳台
comfort Zone

1 房间背景

墙面：木围墙，铁栏杆，大树。
地面：松木板。
灯具：自然光。

2 家具

桌子：瓷砖拼花铁艺桌。
椅子：绿色公园长凳。
储物：花盆架。

3 装饰

情调灯饰：蜡烛，提灯，月光。
绿色装饰物：陶制花盆中的植物，周围的绿色植物。

周日的清晨就该在家放松精神，为身体充电。如果是租的公寓，你不大可能彻底改变阳台的整体背景了。类似的阳台大概都会有安全围栏和一面遮挡视线的墙，那么我们将其视为现成的装饰背景。其次就要根据自己的思路一点点地装饰阳台。比如以铁围杆、破旧的木围墙和木地板为启发，让铁艺桌和旧花架与原有的自然背景产生共鸣。

阳光房的家具不管是昂贵的还是纯摆设一般都不会太舒适。在选择阳台的家具时，先问问自己：这件家具是否舒适？坐下、踩上或摸着是否舒服？外观是否讨喜？能否拿来就用，或放进来是否协调？是否不怕风吹日晒，还是需要特别的保养？崭新的户外家具也不错，不过还是差那么一点感觉。古董家具（只要不是"只许看不许碰"的那种）能带给人一种安顿的轻松感，有点小磨损的家具大概看上去更自然些。

阳台的装饰物要不怕风吹日晒，而且便于搬进搬出。柔和的绿色植物绝对是铁栏杆与铁桌子的最佳搭配。几个浇花喷壶也是功能实用的趣味装饰物。深谙园艺之道的人都清楚一个原则：只用一种风格的花盆栽花。混乱无序的花盆如同一片垃圾一样没有任何意义，而一套整齐划一的花盆不但在风格上统一和谐，而且能够成为阳台的亮点。

花架上的水平围栏平衡了垂直的木板围墙。

另类选择：周末休闲场所
Substitution:Sunday Getaways

好吧，你们家没有阳台，那么我们想想其他办法，比如利用主卧房或厨房中的一角。天气条件许可的时候，可以考虑院里的天井或门廊，而天气恶劣的时候可以暂时利用下阁楼、飘窗或楼梯的空间。要享受休闲，你就得完全摆脱日常家务的缠绕，然后找个舒适的地方窝起来，比如高背沙发，或者一块小地毯。如果你的空间有限，可以将屏风摆在四柱床边，来个屋中之屋，或者干脆放置一张摆满丝绒靠垫的双人沙发。

铁艺桌的桌脚造型与阳台的围栏搭配恰当，营造出和谐的氛围。

植物分层摆放在梯形花架上，互不遮挡，可以进行充分的光合作用。

画框的中植物画强化了房间中的自然装饰主题。

阳光透过了轻盈的窗帘沐浴着室内的绿色植物。

枝叶茂盛的植物与色彩饱满的植物在房间内交相辉映,生机勃勃。这里我们向你展示如何与自然和谐相处。

盆栽装饰
Floral Oasis

1 房间背景

墙面和脚线颜色: 淡黄色,白色。

窗帘: 白纱帘,金属窗杆。

地面: 木地板,地毯。

灯具: 顶灯,自然光。

2 家具

座椅: 布罩沙发,小藤椅。

桌子: 竹制套桌,旧的餐具柜。

花盆: 铁花盆,梯形花架。

3 装饰

个人用品: 沙发靠垫。

绿色装饰物: 各种植物,植物印画,绿色花纹布,陶制花盆,吊篮。

房间的墙面用淡黄色的油漆粉刷,脚线木框刷成白色,打造出一个柔和的背景环境,这样最能够突显绿色植物的天然本色。窗帘使用薄纱帘以获得最佳的自然光线照明。椅子则摆放在地毯周围。

在房间的中央布置家具,营造出舒适的休闲氛围,这样布置的好处是能够让绿色植物更加接近窗口,享受阳光。家具最好选择具有自然曲线的款式来搭配绿色植物,绿色与褐色都是合适的颜色,而木制家具、藤椅和天然的织物都是阳光房中最完美的装饰材料。

现在将植物栽入花盆中作为房间的装饰。在房间里栽种植物时,应考虑房间中的光线变化以及植物本身的体积、颜色和质感。植物的体积应当与阳光房的空间搭配,植物与植物彼此之间也要和谐互补。这里要特别注意植物的质感对比,比如硬朗的仙人掌与茂密的蕨类植物,同时植物叶子的外形、颜色与饱满度也要多变。最佳的选择的是简易耐用的陶制花盆,当然也可以考虑使用玻璃罩或培养箱来栽种植物,这种人造的温室环境能够使植物苗壮成长。你只要挑选几个花盆或花篮罩上玻璃罩就可以了,吊篮也可以用来摆放绿色植物。各种植物应布置在房间内不同的高度上,以达到平衡的效果。最后在花盆下方放置防渗水的托盘或瓷盘,以保护家具的表面。

门前的走廊里没有摇椅，如同夏日不见阳光，总感觉少了什么。这里我们教你如何在走廊中悬挂一把不怕夏日雨淋的四季花园秋千椅。

摇摇屋
Room to Swing

 1 房间背景

墙面颜色： 白色。
地面： 石料拼花或走廊地板。
灯具： 自然光线。

2 家具

座椅： 老式的走廊秋千椅，门廊椅。
桌子： 折叠小桌。

3 装饰

个人用品： 靠垫，小桌上的物品。
绿色装饰物： 盆栽植物，周围及远处的背景植物。
复古装饰物： 旧式木框玻璃窗。

如果白色是装饰房子的最佳选择，你可以将走廊的内壁粉刷成白色，因为白色作为纯净的底色，最适合衬托走廊周围的绿色景观。远观左邻右舍，这里树丛茂密，鲜花永驻，又不必费力维护，简直就是一幅草木茂盛的全景画。

悬挂秋千，先为秋千椅刷一遍具有仿旧磨损效果的白色油漆（提前用砂纸打磨，形成崎岖的表面）。我们没有直接将秋千椅挂在走廊天花板上的吊环螺栓内，而是使用一对高弹性的弹簧将吊环与挂链连接起来。利用弹簧的弹性，秋千椅可以平稳而轻松地摇摆。面对秋千椅的方向摆上一组门廊椅，就构成了一间简易的阳光房。如果有邻居好友想来试试秋千椅，再放上一张折叠小桌招待客人。

椅子上再摆放几个舒适柔软的抱枕，面料的颜色与图案最好是朴素而柔和的。屋内备好招待客人的东西，如装满冰茶的大凉瓶、水杯和餐巾，用到的时候可以很快地从厨房拿到走廊。如果想添加些艺术装饰和聊天谈资，还可以在秋千椅后上方的横梁上挂一面镶有毛玻璃的木框窗。

镶有毛玻璃的木框可作装饰假窗。

周边的景色从门廊下放眼望去，一览无余。

老式的门廊体现了夏日的风情。

由于屋顶与壁板的材质相同，虽然采用了非传统的样式，但是这间阳光房与房子原有的整体风格依然保持了高度的协调。

窗子上方的连壁阁架为主人的白色陶瓷制品找到了适合的存放位置。

平开窗的优点是将室外的景色尽收眼底而又不必占据室内的空间，这组窗户的共同特点是在玻璃窗上装饰了假的窗格条。

巧思量大收获
Food for thought...

　　为旧家修建一间新的阳光房时，要将其当作整体房子的一部分来设计，而不是简单地圈出一个走廊了事。这间八角形的阳光房与那些只有简单的窗户和家具摆设的常规户外建筑不同，反而更像一间室内露台。房间内的另一个改造亮点就是用清漆将屋顶的桦木板染成金棕色的橡木效果，以强调木材纹理，同时又呼应了家中其他位置的橡木材料。同样，乳白色的瓷砖和墙面颜色也符合邻近房间的整体色调。

无论你打算建造一间全新的阳光房，或是重新改造已有的阳光房，都应当为它设定一套全面的粉刷计划，以此创造一种温暖舒适的氛围基调。

阳光空间
Sun Space

 房间背景

墙面，天花板和木饰的颜色：淡黄色，白色，桦木天花板和搁架采用金棕色的清漆。

窗帘：天然色泽的罗马帘。

地面：淡黄色的地砖。

 家具

座椅：两把软垫扶手椅，双人藤椅，单人藤椅，餐桌藤椅。

桌子：玻璃茶几桌，小茶几，木板凳。

 装饰

灯具：风扇吊灯，瓷座台灯。

个人用品：靠垫，披肩，脚凳。

绿色装饰物：瓷花盆，一套瓷器收藏品，绿色植物，花架。

*天花板上色。*天化板使用金棕色的清漆上色，带出纯天然的木材纹理感。墙面用米色的油漆粉刷，窗户的木框则用白色油漆粉刷，窗户上方的搁架也使用与天花板颜色相同的清漆上色。然后挂上金黄色的罗马式窗帘（这组窗帘是请专业工人用色彩柔和的条纹布料制作而成），并在房间中央的天花板上添加一顶风扇吊灯。

*大气的家具。*宽敞的阳光房可以用大尺寸的休闲家具布置，以营造出温暖好客的气氛和永久的舒适感。房间要保持天然与中性的色调，在选择木制家具时，宜选择浅色系的，慎重选择深色系的。这里最引人注目的家具是一把正对房间入口的长藤椅。基于房间八角形的结构，长藤椅前方的椅子最好以松散随意的方式环绕茶几桌而布置。小茶几则安置在椅子之间的空隙处，方便取放咖啡杯、玻璃水杯或书刊之类的东西。大茶几和椅子的搭配是享受阳光早餐的绝佳地点。

*个人装饰物。*比如座椅上的靠垫、扶手椅周围的瓷座台灯、盛水果的大碗，还有点缀房间用的盆栽，这些装饰能令人身心彻底放松。窗户上方的搁架摆放了一套引人注目的白色瓷器，这套装饰瓷器包括瓷瓶、瓷碗和瓷盘。当然你也可以换一套符合个人品位的装饰品。

旧式家具替换掉现代感的家具后，一间时髦的乡村花园式阳光房就会出现在你的眼前。比如，用白色或淡绿色的藤椅替代原来的棕褐色藤椅，尝试用白色木料写字台搭配带有浅绿色和白色粗纹布罩的软椅。传统风格的地毯也可由竹垫代替；而绿色或白色藤椅前的茶几则由一张白色桌脚的玻璃面小桌代替。

现代感的阳光房将朴实的乡村色彩、清新活力的布艺装饰以及自然气息浓厚的木制家具等一些老式房子的装饰元素全部融合进来，呈现出一种特别的传统味道。

乡村花园
Cottage Garden

充沛的阳光和户外的气息借由屋顶的天窗带入室内。

质感丰富的藤椅，印花靠垫和陶质地砖让室内充满乡村花园的气息。

1 房间背景

墙面和窗框的颜色：淡绿色，白色。

窗帘：室内常青藤。

地面：陶制地砖，编织地毯。

灯具：自然光线。

2 家具

座椅：双人藤椅，休闲椅，白色软垫写字椅。

桌子：木制书桌，旧式餐车，旧式茶几。

3 装饰

个人用品：格子呢靠垫，大花线穗靠垫，书籍，台灯，绒线披肩。

绿色装饰物：绿色植物，花瓶中的鲜花。

墙面和窗框分别用淡绿色和白色的油漆粉刷。墙面最好使用显孔亚光效果的油漆，而窗框应使用耐久的亮光效果油漆。陶砖地面上如果铺上一张编织地毯，今后房间中的家具摆设就能围绕这里展开。地毯呈斜角铺放在地砖上，周围的家具也呈同样的角度摆放。如果室外有枝繁叶茂的常青藤形成天然的屏风，就不必再安装窗帘了。

选购家具讲究的是发掘家具的内涵，不必太在意它的品牌或价签。你可从旧货市场购买喜欢的家具，然后补充到家里。大木桌依后墙而放，用作宽敞的写字台，然后再为写字台搭配一把软垫滑轮椅。藤椅也按照地毯的角度斜放，茶几则是用一部小餐车代替，还可兼做小书架。座椅边的小茶几用来放置台灯、水杯、书和盘子。

编织花纹地毯是房间中的亮点，因此选择靠垫的面料，选择在颜色、花纹方面要与地毯相搭配。摆放的时候要注意房间内的平衡感，然后再放上1、2个格子靠垫用来衬托。最后用绿色植物和鲜花点缀房间中的空隙。如果场地允许，不妨在藤椅后放一个高大的金属花盆架，形成一道天然的屏风。